香川景樹

Kagawa Kageki

岡本 聡

コレクション日本歌人選016
Collected Works of Japanese Poets

笠間書院

『香川景樹』

目次

凡例

一、本書には、江戸時代の歌人香川景樹の歌四十九首を載せた。

一、本書は、香川景樹の秀逸な歌を和歌史において位置づける事を特色とした。また、同時代歌壇の中で景樹の桂園派が主流となっていき、後の御歌所につながっていく所の背景を描写する事に重点をおいた。

一、本書は、次の項目からなる。「作品本文」「出典」「口語訳」「鑑賞」「脚注」「略歴」「略年譜」「筆者解説」「読書案内」「付録エッセイ」。

一、テキスト本文と歌番号は、主として『新編国歌大観』(角川書店)に拠り、適宜漢字をあてて読みやすくした。

一、鑑賞は、基本的には一首につき見開き二ページを当てたが、重要な作には特に四ページを当てたものがある。

香川景樹

01

大比叡《おほびえ》や小比叡《をびえ》のおくのさざなみの比良《ひら》の高根ぞ霞みそめたる

【出典】桂園一枝・春歌・一七

大比叡や、小比叡の奥に連なっていて、さざ波のように見える比良の山の高い峰々は、そろそろ春霞で霞み始めている。

享和《きようわ》元年（一八〇一）正月、景樹三十四歳の時の歌。歌題は「霞《かすみ》遠《とおく》聳《そびゆ》」。「さざなみ」は上代においては「志賀」「大津」「比良《ひら》」などの地名を限定するものとして使われたが、慣用されているうちに枕詞《まくらことば》となっていったもの。*『桂園《けいえん》遺稿《いこう》』では、この歌の詞書《ことばがき》は「二十九日信州会始」と記されている。

「比良」は近江国志賀郡比良村の地。京都から北陸道への通路となっており、背後には雄大な比良山系が連なる景勝地《けいしようち》である。

*桂園遺稿―香川景樹の遺稿。『桂園一枝』を自ら注釈した『桂園一枝講義』などを含む。

この歌の本歌《ほんか》は賀茂真淵《かものまぶち》の「大比叡や小比叡の雲のめぐり来て夕立すなり粟津野《あはづの》の原」であろう。真淵の歌では、「大比叡」「小比叡」が対になって使われ、比叡山の山々の姿が詠《よ》みこまれている。真淵が、夕立を降らせる雲をこれに配し、「粟津《あわづ》」という近江の歌枕《うたまくら》を配したのに対し、景樹の歌では、比叡山に連《つら》なる近江の「比良の山々」をも視野に入れ風景に奥行きを加えている。「さざ波」の「比良」という枕詞を巧《たく》みに取り込みながら、春浅く山頂に雪が残る山々を「さざ波」に見立てたものであろう。

その「さざ波」の延長線上に、遠景の山々を見立てている構図は秀逸《しゅういつ》である。「さざ波」の波頭《なみがしら》の白さ、遠景の山々の頂きに降り残っている白い雪、それが白い霞に包まれていくにしたがって、季節は、冬から春へしだいに移り変わって行く。真淵により詠まれている「粟津」は滋賀県大津市南部の地名で、古来交通の要地。「逢わず」の意味を掛け、「粟津野」「粟津の原」などの形で歌に詠まれた。結局、この歌は、真淵の歌の「大比叡」「小比叡」を同様に用い、近江の名所「粟津」を他の近江の名所「比良」に変え、「雲」を「霞」に変更して自歌《じか》にしたものとも言い得るのである。

*賀茂真淵―荷田春満の弟子で万葉主義を主張した。本居宣長や村田春海、加藤千蔭はその弟子（一六九七―一七六九）。

02

惜しみても鳴くとはすれど鶯《うぐひす》の声のひまより散る桜かな

【出典】桂園一枝・春歌・三三

鶯は桜の花を惜しんで鳴こうとするけれど、その声のひまにも散ってしまう桜であることだ。

文化七年（一八一三）の詠作。歌題は「花間鶯《かかんのうぐいす》」。花が散るのを惜《お》しんで鶯が鳴くという歌は、『*新勅撰集《しんちょくせんしゅう》』に「*春ながら年はくれなむちる花を惜《を》しと鳴くなる鶯の声」という歌が載《の》る。これとは反対に、鶯自身が花を散らせてしまうという歌も存在する。『*続千載集《しょくせんざい》』の「*鶯のは風に花やちりぬらん春くれがたの声に鳴くなり」はその典型的なものであろう。また、『西行法師家集』にある「鶯の声に桜ぞちりまがふ花のこと葉を聞く心ちして」も、鶯の

*新勅撰集―九番目の勅撰和歌集。後堀河天皇の下命で藤原定家が撰した。

*春ながら―「寛平御時きさいの宮の歌合歌」の読人しらずの歌。

*続千載集―十五番目の勅撰

声が原因で花が散るというものであろう。江戸時代初期、*木下長嘯子《ちょうしょうし》『*挙《きょ》白集《はくしゅう》』に見える「鶯の声のひびきに散る花のしづかに落つる春のゆふぐれ」なども、右の西行の歌を踏まえた上で、鶯の声が原因で花が散るという因果《いんが》関係を明確に詠んでいる。

景樹の歌では、前掲の、鶯が花の散りゆくのを惜しむという要素と、後出した「鶯の声」が花を散らすという因果関係が微妙に入り交じった歌であり、惜しんで鳴いている鶯の声の合間合間に、その声によってなのかどうかはわからないけれども、散っていってしまう花の様子が描かれている。

散っているのをただ惜しむわけでもなく、声が原因で散ってしまうわけでもない景樹の歌は、ある意味では、散る桜と、鶯の声とが交互に行われる状況である。いわば、聴覚と視覚を用いた春の美の競演《きょうえん》とも言うことが出来るのである。因果関係をともなわずに、視覚と聴覚とを交互に用いる事で、この歌はより立体的になり、まるでその場に居合わせているような、不思議なリアリティを読む人に感じさせる歌になっている。

和歌集。後宇多法皇の命で二条為世が撰した。

*鶯のは風に—「謙徳公家の歌合に」の読人しらずの歌。

*木下長嘯子—近世初期の武将出身の歌人。北政所の甥（一五六九—一六四九）。

*挙白集—木下長嘯子の家集。打它公軌、打它景軌、山本春正により編纂された。慶安二年刊。

03

闇《やみ》よりもあやなきものは梅《うめ》の花《はな》見る見る月にまがふなりけり

【出典】桂園一枝・春歌・五一

闇よりも、更に境界線なく形がまぎれてしまうものは梅の花である。みるみる月の光にまぎれてしまう事であるよ。

享和元年(一八〇一)の詠。歌題は「月前梅《げつぜんのうめ》」。「あやなし」はもともと「文《あや》無《な》し」で交錯《こうさく》している文様《もんよう》の綾目《あやめ》がはっきりしないことから、筋が通らない、不条理《ふじょうり》であるという意味でも使われる。

明らかに、『古今集』春上・四十一の「春の夜＊の闇はあやなし梅の花色こそ見えね香やはかくるる」を本歌にしたものであろうが、その直前の「月夜＊にはそれとも見えず梅の花香をたづねてぞ知るべかりける」という躬恒《＊みつね》の歌

＊春の夜の―歌意は「春の夜の闇は不条理である。梅の花の形は見えないけれど、香りまで隠しきれるものだろうか」。

＊月夜には―歌意は「月の夜には、梅の花を月の光にま

をも意識したものであろう。

『古今集』の「春の夜の闇はあやなし」について、現代注では「春の夜の闇は不条理である」としているのが一般的であるが、景樹は、本来の「綾目がわからない」という意味で解釈していたのではないだろうか。この『古今集』四十番と四十一番は、そういう意味での連続性を持っているものである。四十一番の歌では、闇の中で、梅の花そのものは、闇にまぎれてしまっている。つまり、綾目が暗闇ではっきりしない。それに対して、四十番の歌は、月の光と、梅の花はともに白い為に光にまぎれて綾目がはっきりしないのである。そういう意味で、「闇」の中での「梅」と、「月」の中での「梅」の二つの対比をそのまま本歌として取り込んで詠み、闇の中よりも月の光の中の方が、余計に「梅の花」との境界線がわからないということを言っているのである。

景樹は、『古今和歌集正義』という歌論書を書いており、『古今集』を大変に重んじた歌人である。景樹の歌論《かろん》を述べた『*歌学提要《かがくていよう》』には、「古今集を常に見給へ。いづれ古今集に如《し》くものなかるべし」などとまで極言している。そうした『古今集』尊重の姿勢がこの記述からもよく分かる。

ぎれてそれと見分けることができない。その香りを訪ねてこそそのありかをしる事が出来るのだ」。

*躬恒―凡河内躬恒、平安時代前期の歌人。三十六歌仙の一人に数えられ、『古今和歌集』の撰者の一人でもある（八五九頃―九二五頃）。

*歌学提要―内山真弓著。師景樹の「調べの説」に基づいた歌論を述べる。桂園派の歌論を一つの体系に組織立てたもの。

04

柴《しば》の戸に鳴きくらしたる鶯の花のねぐらも月やさすらむ

【出典】桂園一枝・春歌・七四

柴の戸に、一日鳴いて過ごした鶯の花のねぐらにも、春の季節の、横から差し込むような月の光は差し込むのだろうか。

文化九年（一八一五）の詠。歌題は「春月」。『六百番歌合』*の寂蓮《じゃくれん》法師の歌に「うぐひすの花のねぐらは荒れにけり古巣に今や思ひたつらん」という歌があり、この歌の「うぐひすの花のねぐら」という表現は既出《きしゅつ》のものであることが知られる。『千五百番歌合』*の三宮《さんのみや》の歌にも「梅がえの花のねぐらはあれはてて桜にうつる鶯の声」とあり、季節が移り変わって、鶯が梅から桜へ花のねぐらを移しかえていく様子が詠みこまれている。『源氏物語』「初《はつ》

＊六百番歌合―建久四年（一一九三）に左大将良経邸で催された歌合。定家や寂蓮・良経ら新風歌人と旧派の六条家歌人とが争った。

＊千五百番歌合―鎌倉前期の歌合。建仁二年頃成立。後鳥羽院が当時の代表的歌人三十人に各百首ずつを詠進

音《ね》」にも、明石の君の歌として「めづらしや花のねぐらに木づたひて谷の古巣をとへる鶯」という歌が出てくる。また、同じく「若菜上」にも柏木《かしわぎ》の歌として「いかなれば花に木づたふ鶯の桜を分《わ》きてねぐらとはせぬ」とある。このねぐらのバリエーションとしては、「梅のねぐら」、「桜のねぐら」の他に次のような「竹のねぐら」というものもあるようである。「正治《しょうじ》二年百首」三条入道左大臣の歌には次のようにある。「花の枝《え》はひるの御座《みまし》か鶯《うぐひす》のねぐらの竹をおきて出でぬる」。

景樹は、この歌の他に『*桂園一枝拾遺《けいえんいっししゅうい》』にも、「花にあかでねぐらにかへる鶯は日とく暮れぬと音《ね》をや鳴くらむ」という歌を詠んでいる。こちらは、花に飽《あ》きる事がないのに、ねぐらに帰ってしまう鶯は、日が早くくれてしまうと言って鳴くのだろうかという歌である。

『*桂園一枝講義』には、自らこの「柴の戸に」という歌をとり上げ、「一日花を見くらしてその所に月を見る長閑《のどか》なる気色なり」とした上で、「春夏の月は横からさすなり」として、鶯の花のねぐらを、月が横から照らし出してしまう情景であると注している。

させたもの。

*桂園一枝拾遺—景樹の家集『桂園一枝』の続編として嘉永二年京都の出雲寺文次郎より刊行。

*桂園一枝講義—『桂園遺稿』の中に収録されている、景樹の家集『桂園一枝』に自らが注釈をほどこしたもの。

05

大堰河《おほゐがわ》かへらぬ水に影見えて今年もさける山桜かな

【出典】桂園一枝・春歌・一〇三

大堰河の二度と帰ってくることのない水の流れに、その姿が見えて、今年も咲いている山桜であることよ。

文政《ぶんせい》三年（一八二〇）の作。歌題「河上花」。景樹自身は、『桂園一枝講義』の中で、「解きにくき歌なり」としている。たしかに一筋縄《ひとすじなわ》では解釈しがたい歌である。景樹自身の解説をもう少し追って見てみると、次のように書かれている。「水は行くなりに行くなり。返らぬものなり」。水は行ったままで帰ってくることがないというこの部分の注は、鴨長明《かものちょうめい》『方丈記《ほうじょうき》』の冒頭部「ゆく川の流れは絶えずしてしかももとの水にあらず」を連想させる。更《さら》に、

【語釈】○大堰河―京都嵐山の渡月橋をはさんで上流が大堰川、下流を桂川と呼ぶ。

*方丈記―鴨長明によって鎌倉時代に書かれた随筆。自らの隠棲生活を描いたもの。

景樹は「時にその水にやはり映りてあるなり。昔の花が映るではなきなり。返らぬ水に影見えて返ったやうに見ゆるが風景なり」と述べている。その川の水に、今でも桜は映っている。しかし、昔の花がそのまま映っている訳ではない。行く川の帰って来ない水に、春になるとその姿が見えて、まるで帰ってきたように見える風景だというのである。

ある意味では、この歌は理屈っぽい歌であると言ってもいい。しかし眼前《がんぜん》の風景に見えている大堰河《おおいがわ》の実景から実感して詠んでいる歌であるとも感じられる。去年も一昨年も今見ているこの川には、この山桜が同じように映っていたのだろうという感慨なのであろう。

『方丈記』ではないが、「行く川の流れ」は帰って来ない。そして、今流れている時間もまた、帰って来ない。そのような悠久《ゆうきゆう》の時の中で、桜は、少しずつ大きく成長しながらも、この川に変わらぬその姿を映している。景樹は、この一瞬の実景の中に、過去とともにまだ見ぬ未来をも詠み込んでいるのである。そういう意味では、発想が斬新《ざんしん》であり、景樹らしい歌の一つに、これを数えてもいいように思われる。いい意味で、景樹の独自性のよく表れた歌と言えよう。

06

池水の底に映ろふ影の上にちりてかさなる山桜かな

【出典】桂園一枝・春歌・一〇九

池水の底に映っている山桜の影の上に、散って重なっていく、山桜の花びらであることよ。

文化二年（一八〇五）、景樹三十八歳の折の和歌。「映ろふ」は映じ合って美しく輝くという意味。景樹が参考にしたのは次の歌であろう。『千載集《*せんざいしゅう》』の権*中納言俊忠《としただ》「千とせ澄む池の汀《みぎは》の八重桜《やへざくら》影さへそこに重ねてぞ見る」という歌である。『千載集』の方の歌題は、「池上花」であり、池の上の桜が、池に映《うつ》り、それを重ねて見ているというものであるのに対し、景樹は「池上落花」という歌題に即《そく》して、その池水に映る山桜の姿に、現実の山桜が散りな

*千載集―七番目の勅撰和歌集。後白河院の院宣により藤原俊成が編集した。
*権中納言俊忠―藤原俊忠、俊成の父（一〇七三―一一二三）。

がら重なっていく様子を描き出す。『千載集』の歌が、静的な情景描写であるのに対し、景樹の方は池水に映っている桜に、花びらがひらひらと散り重なっていく動的な姿が描かれている。

景樹の和歌には、このように動的な景をうたったものにいくつも見るべきものがある。動きが和歌の中に捉《とら》えられているのである。本書で取り上げる和歌の中でも、07の「この里は花散りたりと飛ぶ蝶《てふ》の急ぐかたにも風や吹くらむ」は、蝶がひらひらと動いていくイメージであるし、08の「筏《いかだ》おろす清滝河のたきつ瀬に散りてながるる山吹の花」も一輪の山吹の花が急流を流れていくというもの。12で見る「陽炎《かげろふ》のもゆる夏野の沢水に夜たつ影は蛍なりけり」なども陽炎が萌《も》え立つ様子、蛍の光が揺れ動く様子には動きがある。14の「風わたる水の沢瀉《おもだか》影見えて山沢隠れ飛ぶ蛍かな」も、蛍が点滅しながら見え隠れしている様子が動きをもってとらえられている。19の「ゆけどゆけど限りなきまで面白し小松がはらの朧月夜は」も、景樹本人と思われる人物がずっと小松原を朧月《おぼろづき》とともに歩いている様子。また29の「富士の嶺を木間《このま》木間《このま》にかへり見て松の影ふむ浮島が原」も、振り返り振り返り松の木の間に富士山を見ながら歩く動画である。

07

この里は花散りたりと飛ぶ蝶《てふ》の急ぐかたにも風や吹くらむ

【出典】桂園一枝・春歌・一一二

この里は、もう花が散ってしまったと、急いで飛んで行く蝶が向って行く方向にも風が吹くのだろうか。

この歌の詠作年代は不詳である。歌題は「萎花《はなしぼみて》蝶《ちょう》飛去《とびさる》」。蝶という素材は、*荘子《そうじ》が夢に胡蝶になったという逸話《いつわ》を踏まえた「よもさめじ胡蝶も花も園の外にさりて帰らぬ春の夜の夢」（正徹《しょうてつ》『草根集』）や、蝶が花に宿るなどという趣向を詠んだ「尋ねばやいづくの花に宿しめて飛びかふ蝶の春を忘れぬ」（*三条西公条《きんえだ》『称名院集』）などが古くは詠まれている。同じ「萎花蝶飛去」という歌題では、*三条西実隆《さんじょうにしさねたか》の『雪玉《せつぎょく》集』に「世の中を思ふもかな

*荘子が夢に胡蝶になった―21の歌参照。

*三条西公条―戦国時代の歌人。号は称名院。父は実隆。『明星抄』という『源氏物語』注釈書を著す（一四八七―一五六三）。

し花といへどうつれば蝶もすまずなり行く」という歌が見られ、景樹と同時代の加藤*千蔭《ちかげ》の和歌には同題で、「とぶ蝶のは風に咎《とが》はおはじとやうつろふ花を返り見もせぬ」などという歌が詠まれている。ただし、同じ歌題で詠まれた歌は、景樹以前には、この二例だけ。

景樹は、蝶を素材にした歌を好んで詠んだ歌人だった。「蝶のとび花のちるにもまがひけり雪の心は春にやあるらむ」（四一〇）、「をとめ子がこがひの宮にちる花はまゆを出でたる蝶かとぞ見る」（四六八）、「春の野のうかれ心は果てもなしとまれといひし蝶はとまりぬ」（四七七）、「花のうへに君が放ちし蝶もなほ天にあらばと契りおきけん」（七八八）、「菜花に蝶もたはれてねぶるらん猫間の里の春の夕ぐれ」（九〇四）などが目につくが、どの歌も清新《せいしん》表現にみちた歌であると言っていい。

「この里は」で始まる右の歌も、花が散ってしまったと次の花を探す蝶と競争するかのように、花を散らしてしまう風の様子が描かれている。丁度「蝶よ蝶よ花といふ花のさくかぎり汝《な》がいたらざる所なきかな」（四七八）の裏返しの表現でもある。

*三条西実隆―室町時代の歌人、号は逍遙院。家集は『雪玉集』『聞玉集』。日記の『実隆公記』が現存している（一四五五―一五三七）。

*加藤千蔭―江戸時代中後期、賀茂真淵門の歌人。村田春海とともに江戸派の双璧として並び称される（一七三五―一八〇八）。

08

筏《いかだ》おろす清滝河《きよたきがは》のたきつ瀬に散りてながるる山吹の花

【出典】桂園一枝・春歌・一三一

筏をおろすという清滝川の急流に散って流れていく一輪の山吹の花であることよ。

享和元年（一八〇一）に作られた歌。歌題は「河款冬《かわのやまぶき》」。『桂園一枝講義』には、「万葉風をしきりによみたる時の歌なり」とする。景樹自身、清滝川には、「山吹の花」を持ってきた所が自慢だったらしく、「ちりてながるゝ山ざくらかな、村紅葉かなとありてもよきやうなり。なれどもさにはあらず。山吹の歌となる調《しらべ》を見るべし」と書かれている。「山桜」でも「村紅葉」でもなく、「山吹」である所に、景樹の提唱《ていしょう》する「調べ」の美しさがあるのだというのである。「筏おろす清滝河」については、『千載集』巻十六・雑に入る*俊恵《しゆんえ》法師の歌「筏おろす清滝川にすむ月は棹《さを》にさはらぬ氷なりけり」があり、これを踏まえたものであろう。筏おろす清滝河に俊恵が配しているのは、「氷のように澄んだ月」である。これに対し視覚的に鮮《あざ》やかな山吹の黄色い花を流した所にこの歌の優美さがある。

この「筏おろす」の歌について景樹は大変自信を持っていたらしく、『桂園一枝講義』の*松波資之《まつなみすけゆき》の注には、「景樹宗匠へ一番よき御歌をと願ひしに、五、六十日もすぎて、筏おろす云々の歌をもらひけり。さればこの歌が景樹もよきと思はれたりと見えたり」とある。*中島広足《なかじまひろたり》も『*橿園随筆《かしぞのずいひつ》』で、「この歌まことに高調、そのけしき眼前にうかびて、たやすくよみがたき也」とする。「筏おろす」については「たゞ清滝川のさまなり。筏がゆきたるにはあらず」と景樹自身も書いているように、枕詞的に使われたもの。

もし、この歌が、『千載集』の俊恵法師の歌をすぐに連想させる歌であるなら、この歌の時間は、夜であった方が美しいのかも知れない。「月」の光の中、静かに流れていく一輪《いちりん》の山吹の花にこそ、昼間の喧噪《けんそう》の中にはない「調《しら》べ」があるのではなかろうか。

*俊恵法師―平安時代の僧、歌人、父は源俊頼。白川の自坊を「歌林苑」と名づけ、藤原清輔、源頼政らと歌会、歌合も開催する（一一一三―一一九一）。

*松波資之―景樹門の歌人。景樹の没後、景恒を助けて東塢塾を主宰（一八三一―一九〇六）。

*中島広足―江戸後期の国学者歌人。長瀬真幸の指導で本居宣長系の国学を修める（一七九二―一八六四）。

*橿園随筆―中島広足の随筆。嘉永七年刊。

09

なれがたく夏の衣《ころも》やおもふらむ人の心はうらもこそあれ

【出典】桂園一枝・春歌・一七四

慣れがたいことだと、裏のない夏の衣は思うのだろうか。人の心には裏というものもあるのに。

文化二年（一八〇五）の詠作。歌題は「夏衣」。文化二年の頃、景樹は「大天狗」とか「切支丹《きりしたん》」とあだ名され、世間のそしりを受けていた。享和二年（一八〇二）には、江戸派の加藤千蔭や*村田春海《はるみ》が、北隣《きたどなり》の翁・橋本地蔵麿《じぞうまろ》の名で『*筆のさが』を書いて、景樹の歌を攻撃している。その論調は次のようである。「初学の人などはかく働きなき歌をよみいづとも、（中略）自《みずから》ほこりがに思へる人のかかる歌を歌なりと思へるはあさましき業《わざ》なり」。つまり、歌

*村田春海—江戸中後期、賀茂真淵門の歌人。加藤千蔭とともに江戸派の双璧と並び称される（一七四六—一八一一）。
*筆のさが—景樹への江戸派からの攻撃の書。村田春

の初心者ならまだしも、歌に誇りを持っている人がこんな歌を歌とするのはひどいものだと言うのである。後の批判もおおむねこのような論調である。景樹の新歌風は誹謗《ひぼう》や罵倒《ばとう》をあび、その中で復古主義否定の書『*新学異見《にいまなびいけん》』や、独自の歌論「*調《しらべ》の説」が成立していく。更に文化元年には、*香川梅月堂から離縁されている。一つには、景樹に経済的才能に欠ける部分があり、香川家に四百金の借財をさせてしまった事に原因があった。

景樹には、生活の上で奔放な部分があり、「こよひ人にともなはれて新町といふ楼にゆく」（享和三年）、「祇園のほとりにかよひ戯れしころ」（文化二年）などという、離縁前後の年の行為を『桂園遺稿』の記載から確認すると、そのような振る舞いが梅月堂離縁につながったのだという事が充分に想像できる。

新歌論を提唱しては、江戸派の両大家に攻撃され、奔放な生活のあまり梅月堂を離縁された翌年に詠まれたこの歌には、だからこそ真実味がある。裏のない夏衣には、裏のあるものの事が馴れがたく理解出来ないように、自分のようなあけすけな人間にも、裏のある世間の事は理解し難いという実感から作った歌であろう。

海、加藤千蔭により享和二年に出された。

*新学異見―文化八年成立、同十二年刊行の景樹の歌論書。「新学」に対し、古今集を擁護した。

*調の説―『新学異見』に見られる景樹の歌論。歌は自然な感情を調べとし、平易な言葉で詠むべきであるとした。

*香川梅月堂―周防国岩国藩の家老香川景継（宣阿）から始まる歌道の一流。宣阿は二条、冷泉二流の歌道伝授を受けた。景樹は、この末裔である景柄《かげもと》の養子となった。

10

武蔵野は青人草《あをひとぐさ》も夏深し今咲く御代《みよ》の花の影見む

【出典】桂園一枝・夏歌・一八六

京と比べると江戸の町は人民も季節で言えば夏の盛りでありまだ青臭い。私はこの青臭い江戸を引き払い、今にも咲こうとしている、天皇治世下の都の花の姿を見物するとしよう。

文化十五年（一八一八）の詠作。「江戸にありける時、野夏草を」という詞書がついている。「青人草」とは漢語「蒼生《そうせい》」の翻訳語で、人民という意味。『古事記《こじき》』*に「青人草の苦しき瀬に落ちて患《わずら》ひ惚《なや》む時」などとある。『桂園一枝講義』の中でも「青人草々は沢山なることなり。衆人なり」と見える。「今咲く御代」については、「六月も末なれば秋近し。今追い付きさくとなり。御代の栄華をいふなり」とある。景樹は、『講義』の中で、江戸と京都

*古事記―和銅五年、太安万侶によって献上された日本最古の歴史書。上・中・下の三巻よりなる。

を比較して、江戸の事を「何ごともはなやかなり」とした上で、「京都は六十位《くらい》の人の如し。江戸は二十斗《ばかり》の人のうきうきしたる国なり」としている。ただし、江戸を褒めているわけではなく「今より五十年もたゝば、りんときまるなり。江戸と京とは老若《ろうにゃく》を以てくらぶべし。追々文化ひらけるなり」などと続けている。

この年二月十四日に景樹は、京より江戸を目指して出立《しゅったつ》した。同道したのは門人の＊河野重就《こうのしげたか》、菅名節《すがなせつ》、菅沼斐雄《すがぬまあやお》である。しかし、江戸歌壇を席巻《せっけん》しようとした景樹の目論見《もくろみ》は挫折し、十月二十三日に景樹は失望の内に帰途《きと》につく。『桂園遺稿』には、景樹の失望を表白《ひょうはく》した歌が綴られている。「世の中を恨みしこともなかりしを人情《なさけ》なき秋の夕暮」「言の葉のしげみも見えず武蔵野は涙はてなき所なりけり」「言の葉の道なかりせばこのたびの憂《う》き数々をいづちやらまし」。

「御代」とは天皇の治世であるので、この歌の「御代の花見む」は、天皇治世下の京都の花の姿を見ようという意味。先の『講義』の記述も併せ考えると、江戸に出て四ヶ月たっても情勢が良くならない景樹自身の江戸に対する諦《あきら》めに似た気持ちがよく顕われている。

＊河野重就……いずれも景樹の弟子。

11

夜河《よかは》すとたく篝火《かがりび》は後《のち》の世の影水底《みなそこ》に映るなりけり

【出典】桂園一枝・夏歌・一八八

鵜飼《うかい》をしようと焚いているかがり火の明るさで、私のいなくなった後の未来の姿までそこには映し出されているよ。

文政七年（一八二四）の詠作。歌題は「鵜川《うかわ》」。「夜河す」とは夜の川で舟に乗ったり、魚を捕ったりすることで、季語は夏。*混空《こんくう》編の連歌論書『産衣《うぶぎぬ》』には「夜川、夏也。鵜川也。うがひの詞をくはふべき也」とあり、鵜飼《うかい》にいうことが多い。『*貫之《つらゆき》集』には「篝火の影しるければ烏羽玉《うばたま》の夜河の底は水も燃えけり」とある。「烏羽玉の」は「ぬばたまの」が変化した言葉で、「夜」にかかる枕詞であるから、篝火の光が明るい為に、水底の水も燃えているよ

＊混空―『産衣』の編者。連歌師。『産衣』は元禄十一年に刊行された。生没年未詳。

＊貫之集―紀貫之の家集。他撰本と自選本とがある。主旨や主催も年代順に明記さ

うに見えるというのである。また、『新千載集』*徽安門院《きあんもんいん》の歌に、「鵜舟漕ぐ夜河の浪の音更けて映るも涼《すず》しかがり火の影」などという歌もある。この和歌では「かがり火」を「映るも涼し」としており、ある意味では形容矛盾のようなものを楽しんでいる。このように、鵜のいる川に篝火を焚《た》いて鵜飼をするという風景は、中古中世の和歌にも多く詠み込まれた。

また、景樹と同時代の*冷泉為村《れいぜいためむら》の家集『為村集』には「水底に映るも冷《すず》し鵜飼船《うかひぶね》くだす夜河の篝火の影」とあり、篝火の影が「水底」に映ることを「冷し」としていて、基本的には『新千載集』の右の歌を踏襲《とうしゅう》している。

「篝火」が「後の世の影」を水底に映《うつ》すという表現は、*南北朝《なんぼくちょう》時代の『尊《そん》円親王《えんしんのう》百首』に「鵜舟さす夜河の篝《かがり》さてもなほ後の世までの闇は照らさじ」という表現があり、景樹の歌とは逆の趣向《しゅこう》を詠んでいる。すなわち、鵜船の篝火も、後の世までは照らし出す事はできないとしているのに対し、景樹の和歌では、「後の世の影」が水底に映っているとしているのである。「後の世」とは、未来あるいは来世《らいせ》の事。ある意味では、この尊円の歌を本歌として踏まえているとみることもできよう。

れており、歌人としての貫之の活躍を知ることが出来る。

*新千載集―十八番目の勅撰集。後光厳天皇からの勅命で二条為定により撰ばれた。二条家の人々の歌が多く平明な歌風。

*徽安門院―後期京極派の代表的歌人。花山院の皇女。光厳天皇の後宮に入る（一三一八―一三五八）。

*冷泉為村―江戸時代中期の上冷泉家の歌人。霊元上皇から古今伝授を受けた（一七一二―一七七四）。

*南北朝時代―鎌倉時代の後、天皇家が南北二つに分裂した時代。やがて北朝を支持した足利尊氏により室町幕府が作られる。

12

陽炎《かげろふ》のもゆる夏野の沢水に夜《よる》たつ影は蛍なりけり

【出典】桂園一枝・夏歌・一九一

陽炎のもえるように立っている夏の野原の沢水に、夜になって立ちのぼるのは、蛍の光であったよ。

文化五年（一八〇八）の詠作である。歌題は「蛍」。この歌の本歌は、*三条西《さんじようにし》実隆《さねたか》『雪玉集《せつぎよくしゆう》』の「陽炎のたつや夏野の水の上に夜は蛍や燃えかはるらん」である。

実隆の『雪玉集』は、*下冷泉政為《しもれいぜいまさため》の家集『碧玉集《へきぎよくしゆう》』、*後柏原天皇《ごかしわらてんのう》の家集『柏玉集《はくぎよくしゆう》』とともに三玉集と称せられ、近世和歌において非常に重んじられた。近世前期、*飛鳥井雅章《あすかいまさあき》の歌論書『尊師聞書《そんしききがき》』では、「*草庵集、雪玉集

*三条西実隆―07に既出。

*下冷泉政為―室町時代の歌人、足利義政に厚遇される（一四四六―一五二三）。

*後柏原天皇―室町時代、戦国時代の第百四代天皇（一四六四―一五二六）。

*飛鳥井雅章―江戸時代前期の公家、歌人。従一位、権

などをみて上手の詞づかひを見ならふべし」などと書かれ、*正親町実豊《おおぎまちさねとよ》の『和歌聞書』では、「柏玉集、雪玉集などはよし」とされている。また、景樹と同時代の*日野資枝《すけき》の父にあたる*烏丸光栄《からすまみつひで》も『和歌物語』において「とかく近代の風は雪玉集已後《いご》の体也。是に叶《かな》はざれば、当時の風にあらず」などと表現している。光栄はこの『雪玉集』について、和歌の熟練者はこれを学んでも良いが、熟練者でなければ害があるとして、『烏丸光栄卿口授《くじゅ》』の中で、「雪玉、正風なれども已達《いだつ》の作者にて今見習ては害ありて益なし。見習てよろしき時節、差図《さしず》すべし」、「その方などの位は合点《がてん》して見ば害なし。甚初心のもの、努々不許之《ゆめゆめこれをゆるさず》」などと述べており、『雪玉集』を享受《きょうじゅ》する事が熟練者にのみ許されたことであったことが見て取れる。

景樹は、堂上《どうじょう》歌論で言われているように、『雪玉集』の趣向をほぼそのまま用いながら、表現を絞り込み、推量形ではなく、断定形を用いることによって、よりシャープに歌の良さを浮かび上がらせている。また、「陽炎」が「もえ」、「蛍」の「影」がたつと入れ替えていることも、景樹の印象をより鮮明にするのに一役買っている。

大納言（一六二二―一六七九）。

*草庵集―室町時代初期、二条派を代表する頓阿法師の家集。

*正親町実豊―江戸時代前期の公家、歌人。従二位権大納言、武家伝奏の役にあった為幕府嫌いの霊元天皇の譲位とともに赦免された（一六二〇―一七〇三）。

*日野資枝―江戸時代中期の歌人。烏丸光栄の末子で日野資時の養子となる。『和歌秘説』などの著書がある（一七三七―一八〇一）。

*烏丸光栄―江戸時代中期の歌人。正二位内大臣。和歌の門下には桜町天皇もいる。家集は『栄葉和歌集』（一六八九―一七四八）。

13

夏川の水隈《みくま》隠れの乱れ藻に夜咲く花は蛍なりけり

【出典】桂園一枝・夏歌・一九六

夏川の曲がりくねった角々の見えにくい部分に、昼間乱れ咲いているのは藻の花。そこに夜乱れ咲く花は蛍であることよ。

作歌年月不詳の歌。歌題は「蛍照水草《ほたるみずくさをてらす》」。「水隈」とは川の流れの曲がりくねった所のこと。この歌の趣向で着目すべきは、「蛍」を「よる咲く花」にたとえている部分である。『*夫木和歌抄《ふぼくわかしよう》』の*為家《ためいえ》の歌に「夕がほの花の垣ほの白露に光そへてもゆく蛍かな」という歌がある。夕顔の咲いている垣根に置いた白露《しらつゆ》に蛍が光を添《そ》えるという表現であって、蛍の光を花に見立《みた》てた表現ではない。蛍の光を花にたとえる表現は、*実隆《さねたか》の『雪玉集』の「秋をま

*夫木和歌抄―藤原長清撰の類題和歌集。万葉集以後の和歌の中から、従来の撰にもれた和歌が集められた。
*為家―藤原為家。鎌倉時代中期の公家歌人。父は定家。正二位権大納言（一一九八

つ草のしげみの露の上に光を花ととぶ蛍かな」という歌まで下る。望月*長《ちょう》孝《こう》の『広沢輯草《ひろさわしゅうそう》』では「風わたる野沢の浪の浮草に光を花と散る蛍かな」とあり、風がふいて、浮草から離れる蛍を「散る蛍」という表現を使っていて、長孝の美的感覚の優れている点が見て取れる。

ところで、先の実隆の歌を踏まえたと思われる表現が、『筆のさが』論争で景樹と争った江戸派の加藤千蔭『うけらが花』にも見られる。「草むらの蛍よいかにさく花の秋をば待たずならひそめけん」。蛍に対して、どのようにしてまだ咲かぬ秋の花からその輝きを学んだのだと問いかけるこの歌は、実隆の歌を踏まえた上で、逆さまからそれを詠んでいるのである。また、景樹の弟子である木下幸文《たかふみ》の『亮々遺稿類題《さやさやいこうるいだい》』が「嵐山松の葉わけて飛びまがふ蛍ぞ夏の花には有りける」と詠んでいて、蛍を「夏の花」に見立てている。

景樹の歌は、まがりくねった川の「乱れ藻」に乱れ飛んでいる蛍を「よる咲く花」と表現しており、より華やかさをともなった歌となっている。実隆や、それを踏まえた江戸派の歌人の歌が静的な見立ての領域を出ていないのに対し、景樹はこの「乱れ藻」という表現を出す事により、蛍が乱れ飛んでいる動きをも付加している点が新しい。

―一三七五）。

＊三条西実隆―07に既出。

＊望月長孝―江戸前期松永貞徳門の歌人。京都嵐山東、広沢池畔に小狭野屋という庵を結んで隠居（一六一九―一六八一）。

14

風わたる水の沢瀉《おもだか》影見えて山沢隠れ飛ぶ蛍かな

【出典】桂園一枝・夏歌・一九七

風が柔らかく吹いている水辺の沢瀉に、その光をチラチラ点滅させながら、山沢を隠れながら飛んでいく蛍である事よ。

文政三年（一八二〇）の詠作。歌題は前歌と同じ「蛍照水草」。「沢瀉」は池川沼沢《しょうたく》に自生する多年草のこと。葉はやじり状で長い柄《え》を持ち、夏や秋には白い花を咲かせる。「花ぐわい」の別名もある。この沢瀉を和歌に詠んだ例は極めて少ない。『夫木和歌抄』*と『風雅《ふうが》集』*に載る定家の歌に「沢瀉や下葉にまじる杜若《かきつばた》花ふみ分けてあさる白鷺《さぎ》」という歌がある。また、同じ『夫木和歌抄』に寂蓮《じゃくれん》の歌として、「蛙《かはづ》なく田中の井戸に日は暮れて沢瀉な

*夫木和歌抄―13に既出。
*風雅集―第十七番目の勅撰集。花園院の監修のもと、光厳院が親撰、正親町公蔭、藤原為基、冷泉為秀らが編纂した。

びく風わたるなり」という歌が載る。しかし、その後は、正徹《しょうてつ》、心敬《しんけい》、飛《あす》鳥井《かい》雅親《まさちか》に以下に示すような用例があるのみで、景樹と同時代の*加納諸平《かのうもろひら》の用例にまで飛ぶのである。『正徹千首』に「村雨《むらさめ》の古江をよそにとぶ鷺の跡までしろき沢瀉の花」とあり、同じく*正徹の『草根集』にも「里つづく水の入江の沢瀉もさく色しろき夕顔の花」など、「沢瀉の花」の白さを強調した歌がある。正徹の弟子である*心敬の『ささめごと』には「月やどる水の沢瀉鳥屋《とや》もなし」という句が載る。また、*飛鳥井雅親の『亜槐集《あかいしゅう》』には「宿ふりて水影ひろき庭の池の沢瀉まじり菖蒲《あやめ》しげれる」と見えるが、歌題は「池菖蒲」であって、「おもだか」には焦点があてられていない。加納諸平『柿園詠草』には、「ながれ江の水かげみえてしらむ夜を心とかさくおもだかの花」とあり、白《しら》んでいく暁《あかつき》の白い沢瀉の花が詠まれている。

景樹の「風わたる」の歌は、沢瀉が風に吹かれて、白い雄花が、ちらちらと隠される様子が、「山沢隠れ」を白い光を点滅しながらゆらゆらと隠れ飛んでいる蛍の姿に重ね合わせられているのである。ちなみに景樹にはもう一首沢瀉を詠んだ次の歌がある。「つばくらめかよふ沢辺の沢瀉の思ひあがりし人ぞ恋しき」。

*加納諸平―近世後期の国学者、歌人、号は柿園。本居大平門。紀州藩に国学者として仕える。藩の内紛により友人の長沢伴雄に毒殺されかけ発狂（一八〇六―一八五七）。

*正徹―室町時代中期の臨済宗の歌僧。冷泉為尹と今川了俊に和歌を学ぶ、徹書記とも呼ばれた（一三八一―一四五九）。

*心敬―室町時代中期の天台宗の僧、連歌師。正徹に師事する（一四〇六―一四七五）。

*飛鳥井雅親―室町時代中期の公家、歌人。足利義政の親任を受ける。書道飛鳥井流の開祖（一四一七―一四九一）。

15

打ちかはす雁《かり》の羽《は》かぜに雲消えて照りこそまされ秋の夜の月

【出典】桂園一枝・秋歌・三二六

お互いに打ちかわす雁の羽風によって雲が消えてしまって、秋の夜の月はより一層照りまさることである。

文化十一年(一八一四)の詠作。「月の前に雁靡《なび》きたるかた」という詞書《ことばがき》がある。景樹四十七歳の時の歌である。

雁の羽風に雲が消えて月が澄《す》み渡るという趣向は、『新古今集』朝恵法師《ちようえ》*の「村雲や雁の羽かぜに晴れぬらむ声きく空にすめる月影」を本歌取《ほんかど》りしたものである。『新古今集』の「雁の羽風に晴れぬらむ」という推量表現よりも、景樹の和歌の「雁の羽かぜに雲消えて」という表現の方が直接的であ

*朝恵法師―藤原朝光の子孫。興福寺の寺主義朝の男。生没年未詳。

り、リアリティがある。同じ趣向を使っているが、片や、現在の澄んだ月影は、空に飛んでいる雁が雲を晴らしたのだろうという推量表現にとどまっているのに対し、景樹の歌では、雁の羽風で雲が消えていき、月の光がますます明るくなっていくという具体的な動きが描《えが》かれている。つまり、『新古今集』の方は、静景であり、絵としては、晴れた空に月がかかり雁が渡っていく姿であり、朝恵法師の心の中で雁が雲を晴らしたのだろうかという推測がされているのに対し、景樹の和歌は動画であり、雲が流れ、雁が飛んでいく内に、しだいに月が照り勝っていく動きに焦点が当てられている。

　この年十一月に景樹は、*誠拙《せいせつ》禅師から在焉《ざいえん》という居士《こじ》号を授けられている。ところで、芭蕉と交流のあった*仏頂《ぶっちょう》禅師に「をりをりにかはらぬ空の月影も千々のながめは雲のまにまに」という和歌がある。時に応じて一々変わることのない月の光とは、永遠や真理を指す。禅における一切の万有《ばんゆう》であり、それが迷いの雲に隠されているから、衆生《しゅじょう》は悩むことになるという意味である。この歌を重ね併せて考えてみると、誠拙禅師と「打ちかはした」羽風によって次第に心の雲が晴れ渡っていくという景樹自身の内面の禅的な境地を描いた作品とも捉えることができる。

*誠拙法師―景樹の参禅の師。和歌においては景樹の門人になっている（一七四五―一八二〇）。

*仏頂禅師―鹿島根本寺二十一世住職。芭蕉参禅の師（一六四二―一七一五）。

16

蝶《てふ》の飛び花の散るにもまがひけり雪の心は春にやあるらむ

【出典】桂園一枝・冬歌・四一〇

蝶が飛び、花の散るのにも見まがってしまう。降っている雪の心はすでに、花に蝶が舞う春の季節にあるのだろうか。

文化十二年（一八一五）の詠作。翌文化十三年に間違った仮名を改訂している。歌題は「雪」。「雪」を「蝶」や「花」にたとえた上で、「雪」の心はもう既に花に蝶が舞う春の季節にあるのであろうかというのである。

『正徹千首』に「草枯るる冬野の霜の花園に今も胡蝶のあそぶ雪かな」という、冬野の霜の花園に今も雪が降り、蝶の遊んでいるように見えるという歌があるが、これも雪を蝶にたとえたもの。同じく正徹*の『草根集』には

*正徹―14に既出。

「冬草に春の胡蝶の夢かれて雪ぞかつしく霜の花園」という歌も見える。冬草の生える時期になり、春の胡蝶の夢も消えてしまって、雪が霜の花園に降り積もっていくという歌であり、季節の推移の中に、春の蝶が、冬の雪に移ろい変わっていく様子が描かれる。

また、*三条西実隆の『雪玉集』に「雪のうちもただ花をのみ思ひ寝はこれや胡蝶の夢の通ひ路」という歌がある。これは、正徹などに描かれている蝶と雪のイメージの重複性に加えて、『荘子』の胡蝶の夢の逸話を重ね合わせたもの。雪の内に、ただ花をのみ思いながら眠ってしまうと、これは胡蝶の夢の通い路になるのであろうかという。『荘子』の場合は、荘子が夢の中で胡蝶になる夢を見る話であるが、ここでは、蝶にみまがう雪をうたっている。『*新明題《しんめいだい》和歌集』の*三条西実教《さねのり》の歌にも「園の内に春は胡蝶の名のみして花待遠に残る雪かな」という歌がある。この歌も、花を待ちどおしげにもまだちらちらと降るなごり雪を、蝶の名にたとえている様子が見て取れる。そのような伝統を受けて、景樹のこの歌は、雪を蝶や花に見まがうことを断った上で、「雪の心」はすでに春なのだろうかと詠んだのである。

*三条西実隆―07に既出。

*新明題和歌集―江戸中期の編者未詳の類題集。当代の歌人二百七十名の歌四千七百四首を載せている。

*三条西実教―江戸時代の公家、歌人。三条西実条に古今伝授を受ける。高弟に鍋島光茂がいる（一六一九―一七〇一）。

17

埋火《うづみび》の匂ふあたりは長閑《のどか》にて昔がたりも春めきにけり

【出典】桂園一枝・冬歌・四二九

埋火がぱちぱちと燃え、その匂いがただよっている辺りは、長閑で、昔の事を語り合っている風景も何だか春めいている。

文化十三年（一八一六）に作られた歌。歌題は「炉辺閑談《ろばたかんだん》」とある。『*後拾遺《ごしゅうい》集』*素意《そい》法師の歌に「埋火のあたりは春の心地して散りくる雪を花とこそみれ」があり、これを参考にしたものかと考えられる。また、『風雅集』に載る俊成の歌「埋火にすこし春ある心地して夜深き冬をなぐさむるかな」もあわせて意識していたのかも知れない。なお、*澄月《ちょうげつ》・*慈延《じえん》に師事して和歌を学び、その後景樹に入門して、桂門の俊秀として活躍した*木下幸文《たかふみ》の歌集

*後拾遺集―四番目の勅撰和歌集。白河天皇の勅命で藤原通俊により編纂された。

*素意法師―平安時代中後期の歌僧。従五位下、紀伊守。『後拾遺集』『千載集』などに入集。「多武峰往生院歌合」では判者を務める（生年不詳―一〇九四）。

『亮々遺稿《さやさやいこう》』に「埋火のあたりは冬も春なれば語らひ草もしげるなりけり」という歌があり、この歌の影響も考えられる。

「埋火」が「にほふ」という右の景樹の表現は珍しく、先例としては、梅の匂いを絡《から》ませる『夫木和歌抄』家隆《いえたか》の歌「山里は垣根の梅の匂ひきてやがて春なる埋火のもと」の他、同じく同集に載る定家の「うちにほふ伏籠《ふせご》の下のうづみ火に春の心やまづ通ふらん」が見られるのみである。これは伏籠というものが、上に衣を掛け内には香をたく小型の香炉《こうろ》の火取を置いて、衣に香をたきしめるために伏せておく籠であるから、「にほふ」というのも理解できる。しかし、「うづみ火」そのものを「にほふ」とした所に景樹の実景実感から詠んだ新しさがある。

詩というものが、新しい世界観の発見であるとするならば、「うづみ火」そのものを、梅の香や、香炉を関わらせずに「にほふ」としたあたりに景樹の新しさがあるのである。「昔がたり」を「春めく」などとつなげている辺《あた》りも、「埋火」の「匂」っているのどかさに加え、春の午後の眠くなるようなのどかさを強調していて新鮮である。

＊澄月―江戸時代中後期の僧、歌人。武者小路実岳門。平安和歌四天王の一人（一七一四―一七九八）。

＊慈延―江戸時代中後期の天台宗の僧、歌人。冷泉為村門、平安和歌四天王の一人（一七四八―一八〇五）。

＊木下幸文―江戸時代中後期の歌人。澄月、慈延に和歌を学んだ後景樹に入門。家集に『亮々遺稿』、随筆に『亮々草子』がある（一七七九―一八二一）。

18

埋火《うづみび》の外《ほか》に心はなけれどもむかへば見ゆる白鳥《しらとり》の山

【出典】桂園一枝・冬歌・四三〇

埋火の他に心がある訳ではないが、その埋火に向かうと、自然に白鳥のような比叡の山が眼に入ってくるのだ。

文化十二年（一八一五）に作られた歌。前作に続いて埋火《うづみび》を詠んだものだが、景樹の傑作として、よくとり挙げられる歌で、さまざまな評者が景樹の代表作としている。それは、この歌が、歌を紡《つむ》ぎ出そうとせずに、自然にわき出る感情からできあがってしまっている実景実感そのままの歌であると考えられるからである。『桂園一枝講義』に、「これは一月楼にありし時よみたり。白鳥山はきらゝの山也」とある。「きらゝ坂」とは比叡《ひえい》山の修学院《しゅうがくいん》よりの山道のことである。「一月楼」とは景樹の号《ごう》であるから、家から見える比叡山の景を詠んだのであろう。

作者は埋火を見つめていてふと無意識に外を見たら、たまたま白鳥の山が視野に入ってきた。その辺りのリアリティを素直に出すのが、景樹の真骨《しんこつ》頂《ちょう》とも言える部分であろう。そういった潜在意識にあったものが顕在意識に移り、これを切り出せば素材になると、客観性を持って捉え直した時に歌に結実したもの、それがこの歌なのである。

黒と白、内と外、近景と遠景という対比の中に、窓外《そうがい》に見える白鳥の山(比叡山)が、鑑賞すべき対象として視野に飛び込んできて、無意識の潜在《せんざい》意識の世界から、意識下の顕在意識の世界に引き戻される辺りの心境の動きが巧みに描き出された作品と言える。

坂口安吾《あんご》*は、「日本の山と文学」という随筆の中でこの歌をとり挙《あ》げ、「日本の昔の文人詩人画家、自然を愛した人達の山を見る心は、概《おおむ》ね、この歌の心のようなものではなかったかと思う。登る山とは違っていた。心象の中の景物であり、見る山であった」と書いている。

＊坂口安吾—昭和期に活躍した小説家(一九〇六—一九五五)。

19

ゆけどゆけど限りなきまで面白《をもしろ》し小松《こまつ》が原のおぼろ月夜は

【出典】桂園一枝・事につき時にふれたる・四六一

行けども行けども、どこまでも面白さがつきないものだ。この松原の朧月夜は。

文政三年（一八二〇）の二月七日に作られた歌。「事につき時にふれたる」歌群の一つである。『桂園遺稿』には、「七日ひぐれて木屋町、このほとりなる初午《はつうま》に詣でて」という詞書がある。京都木屋町には、景樹の別宅があった。「ゆけどゆけど」という表現については、『古今和歌六帖』の人丸*の歌に「ゆけどゆけどあかぬ妹《いも》ゆゑ久方の秋の露霜ぬれにけるかも」があり、これを参考にしたものであろう。景樹自身も『桂園一枝拾遺』の中で、「ゆけどゆけ

*人丸―柿本人麻呂。飛鳥時代の歌人、山部赤人とともに歌聖と呼ばれる。三十六歌仙の一人（六六〇頃―七二〇

頃)。

どなほ山の端《は》の遠ければ空にやすらふ夕づく日かな」に、同じように「ゆけどゆけど」という表現を用いている。中京区木屋町には、現在でも松原という地名が残っていて、当時から松原であったことが窺《うかが》える。

香川景樹の歌は、実景、実感に従って詠まれた歌に見るべきものがあることは先にも触れた。この歌も、「ゆけどゆけど」は人丸歌を意識していたかも知れないが、むしろ自らの別宅の近くの初午《はつうま》に参詣した時、どこまで行っても松原に朧月《おぼろづき》という風景が見られたことからくる実感の面白さがあり、その辺にリアリティがあって、動画の映像*のように小松が原を歩いて進んでいく風景が、私たちの心にもそのままによみがえってくる。

景樹の歌に動画のような動きがあるものがある点については先述した。それは、後でも取り上げる「富士の嶺を木間木間にかへり見て松の影ふむ浮島が原」などという歌にも共通している。こちらも、振り返りながらも先を進んで歩いていき、振り返るたびに木の間から富士山が見えている様子が「動き」とともに捉えられているのである。そういう意味で、松原をぐんぐん歩いて行って、振り返る度に朧月があるという、この歌とよく似た構図であると言える。

＊動画の映像―景樹の実景に即した歌について山本嘉将氏は「その場の情景にふさはしい上品な音楽をききながら、もの静かに映写される銀幕」(『香川景樹論』育英書院　昭和十七年)と表現している。

20

昨日今日《きのふけふ》花のもとにて暮らすこそわが世の春の日数《ひかず》なりけれ

【出典】桂園一枝・事につき時にふれたる・四六七

昨日今日は花の下で日がな一日くらしている。これこそ、我が世の春を謳歌している一日の過ごし方なのだ。

文化四年（一八〇七）の詠作、「事につき時にふれたる」歌群の一つ。花の下に日数を過ごすという歌がこの歌の本意である。

*『新後拾遺集《しんごしゅうい》』に*道命《どうみょう》法師の「吉野山花の下ぶし日数へて匂ひぞふかき袖の春風」という和歌がある。吉野山に花の下に寝て日数を暮らしている内に、桜の匂いが自分の袖にも香をたきしめたようになり、そこへ更に桜の匂いを運ぶ春風が吹いてくるということであろう。また、*慈円《じえん》の『拾玉集』の

＊新後拾遺集―二十番目の勅撰集。足利義満の執奏により、後円融院の永和元年に二条為遠、二条為重が編纂した。

＊道命法師―道綱母の孫にあたる。和泉式部との交渉をはじめ色好みの逸話が多く伝わる（九七四―一〇二〇）。

『古今集』の歌を受けた歌群の中に、*凡河内躬恒《おおしこうちのみつね》の「今日のみと春をおもはぬ時だにもたつ事やすき花のかげかは」を受けて、「暮れぬれど花の下にし宿かれば日数ばかりぞ春にわかるる」という歌が詠まれている。慈円の歌は、日は暮れてしまったけれど、花の下で宿を借りると、日数ばかりが春から別れて行ってしまう。つまり、あっという間に日数が過ぎてしまうという意味であろう。また、『伏見院御集《ふしみいんぎよしゆう》』には「又ほかに心うつらぬ花のもとに春の日数ぞうたて暮れぬる」という歌がある。これも、他に心が移ることもない花の下で、あまりにも早く春の日数はくれていくのだという歌であろう。

景樹の和歌は、慈円の『拾玉集』や『伏見院御集』の歌のように、ただただ花の下の春の日数を惜《お》しむという歌ではない。あるいは、『新後拾遺集』道命法師の歌のように、花の下で日を暮らしたために、花の匂いがしみたという感慨でもない。昨日今日と、花の下で暮らしているこの瞬間こそが「わが世の春の日数」であるということに感慨を覚えているのである。今この時が失われていくのを惜しむのではなく、今この時を謳歌《おうか》しているというのが、この和歌の面白さと言えるであろう。

*慈円―鎌倉時代の天台宗の僧、歌人。歴史書『愚管抄』を記した(一一五五―一二二五)。
*凡河内躬恒―03に既出。

21

酔《ゑ》ひふして我ともしらぬ手枕《たまくら》に夢の胡蝶《こてう》とちる桜かな

【出典】桂園一枝・事につき時にふれたる・四七二

酔いつぶれて、いつの間にか自分の手を枕にして寝てしまった。その手枕にひらひらと荘周の夢の胡蝶のように散り落ちてくる桜の花びらであることよ。

文政八年（一八二五）三月八日作。「事につき時にふれたる」歌群の一つ。『荘子』*斉物論《せいぶつろん》にある「胡蝶の夢」の逸話《いつわ》による。荘子が夢に胡蝶となって遊んだけれども、夢が醒《さ》めるとやはり自分は自分であった。だが、夢に胡蝶となった自分も自分であるから、形の上では異なるとしても根本においては決して分けるべきものではないということを言った話。これは、自他を隔《へだ》てるものはなく、その根本は一つなのであるという道家《どうか》の思想である。仏教にも、

＊荘子―荘周の著書とされる道家の文献。内篇七篇外篇十五篇、雑篇十一篇からなるが内篇のみが荘周の著作であるとする見方が一般的である。

「物我一如《ぶつがいちにょ》」という思想がある。「物」も「自分」も、元をたどれば一つであるという考え。荘子の逸話が伝えているのはそれに近いものであろう。

この「胡蝶の夢」の故事《こじ》は、後代に多大な影響を与えた。唐代の伝奇書*『南柯大守伝《なんかたいしゅでん》』には、唐の淳于棼《じゅんうふん》が自宅の槐《えんじゅ》の木の下で酔って寝ていたところ、蟻塚の国から使者が来て蟻の国の王様になるという話が載っている。人生とは夢で、いくら富貴と権勢を求めても儚《はかな》いものであるということを示しているのだが、この発想のもとには、右の『荘子』の「胡蝶の夢」がある。

景樹の『桂園一枝講義』や『桂園遺稿』によると、南禅寺《なんぜんじ》の店の座敷で、散る桜を見ながら酔い臥《ふ》し、目覚めてみると、盃一面に桜が散っていたことが記されている。『講義』の中には、「荘周やわれわれや、荘周の所にかけて、われとも知らぬの句の心をつけたるなり」とある所からすると、第二句目「我ともしらぬ」が重要なのであろう。すなわち、酔った「忘我《ぼうが》」の境地は、「物我一如」の境地とも近いのである。私は、胡蝶でもあり、同時に桜でもあるのだ。景樹はこの歌を作った頃には禅的な思想に精通していたから、酔った「忘我」の状態で「物我一如」の境地を得たのだと言い得よう。それは「無我」の「*禅定《ぜんじょう》」の境地とも通じているものだろう。

*南柯大守伝―九世紀、唐代の作歌李公佐の伝奇小説。

*禅定―心を統一し瞑想し、真理を観察すること。

22

蝶《てふ》よ蝶《てふ》よ花といふ花の咲くかぎり汝《な》がいたらざる所なきかな

【出典】桂園一枝・事につき時にふれたる・四七八

蝶よ、蝶よ、花という花が咲いている限り、お前が飛んでいかない所はないのだね。

文化二年（一八〇五）五月の詠。「事につき時にふれたる」歌群の一つ。*大塚寛柔《かんじゆう》、僧*梁岳《りようがく》とともに摂津《せっつ》国の多田山に出かけ、飛んでいる蝶を見て詠んだ歌と『桂園一枝講義』にある。『桂園遺稿』の詞書《ことばがき》には、「帰りくるに、あざみ、姫百合など咲き混じりたる山の奥は忘れて、都の野辺思ひいでらる」と書かれている。この詞書では、蝶の飛んでゆく先として、目の前の花々よりも、都の野辺《のべ》を思い出されるというのだ。

*大塚寛柔―江戸中後期の歌人。文化四年刊『和歌仮字題』の編著がある。生没年未詳。

*梁岳―江戸中後期の僧、歌人。景樹の『汐干』という著作では評者として参加している（一七四八―一八二二）。

花が咲いている限り、お前が飛んでいかない所はないと、蝶に呼びかけた歌。平明な言葉の中に、風景の奥行を感じさせ、花畑が続いている限り、飛びまわっている蝶の姿が描かれている。景樹の動きのある和歌は、環境映画を見ているように美しい。この歌も広大な野原の中をあちこちに飛び回っている蝶の「動き」が描かれている。

この歌について*「第一、第二句のよびかけといひ、極めて暢達《ちょうたつ》した調の中に花に対し、蝶に対する愛着が見られる」とし、更に「景樹は決して古今集を重んじその歌風を踏襲した歌人ではない。独自の新しい歌風を開拓した歌人であることはこれを以ても知られるであろう」とする鑑賞もある。

『古今集』を愛し、『古今集』を本歌取り《ほんかど》して、『古今集』らしい歌を詠《よ》んだというよりも、むしろ新たに解釈し直して、新しい『古今集』を樹立し、近代短歌への道を築いたという意味では、『万葉集』風でも『古今集』風でもなく、強いて言えば近代短歌風なのであろう。それは、「蝶々、蝶々菜《な》の葉にとまれ、菜の葉に飽いたら桜にとまれ、桜の花の花から花へとまれよ遊べ遊べよとまれ」という童謡の境地にも通じている。

*この歌について……以下の解釈は、久松潜一氏『賀茂真淵・香川景樹』(厚生閣昭和十三年)を参照した。

23

白樫《しらかし》の瑞枝《みづえ》動かす朝風に昨日《きのふ》の春の夢はさめにき

【出典】桂園一枝・事につき時にふれたる・四八三

白樫のみずみずしい若枝を動かす朝の爽やかな風に、昨日の春の夢で見たあの人の姿もはや醒めて消えてしまった。

作歌年次未詳の歌。「事につき時にふれたる」歌群の一つ。瑞枝は「みずみずしい若枝。生き生きとした枝」のこと。「春の夢」が醒めるというのが、この歌においては中心になるものと考えられる。

『玉葉集《ぎょくようしゅう》』*に「後京極摂政、春みまかりにければ、前中納言定家の許《もと》へよみてつかはしける」という詞書のもとに、藤原家隆《いえたか》*の歌として次の歌が載せられている。「伏して思ひ起きてもまどふ春の夢いつか思ひのさめんとすら

＊玉葉集―第十四番目の勅撰集、伏見院の院宣で京極為兼により編纂された。

＊藤原家隆―鎌倉時代初期の公家、歌人。和歌を俊成に学ぶ。『新古今集』の撰者の一人（一一五八―一二三七）。

ん」。亡き後京極摂政良経*を偲《しの》んで、寝ても起きても途惑《とまど》ってしまう、この春の夢はいつか醒《さ》める時もくるのだろうかという歌。慈円*の『拾玉集』にも「春の夢のさむる涙の袖の上に月やあらぬととふ人もがな」という歌がある。春の夜の夢が醒め、恋しくて泣いた涙で濡れた袖の上の露に(そこに宿る月に)「月やあらぬ春や昔の春ならぬ我が身一つはもとの身にして」という業《なり》平《ひら》の歌のように自分の事を恋しく思って訪ねてくれる人が欲しいものだという歌である。また『光経集《みつつね》*』には「いたづらに三十《みそぢ》あまりの春の夢思ひさめてもおなじ世ぞうき」という歌が見える。意味なくただただ三十過ぎまでを春の夜の夢のようにはかなく過ごしてしまった、その夢が醒めるようにあの人への想いが醒めてしまっても、同じような夢を見なければならない夜がやってくるのは憂鬱《ゆううつ》だという意味であろう。

景樹の歌は、白樫《しらかし》のみずみずしい若枝を揺らす朝風を受けて昨日の春の夢が醒めてしまったという内容であるが、右のような和歌の伝統を踏まえているとすると、その春の夢の中には、誰か想《おも》い人に対する想いが含まれているのであろう。白樫のみずみずしい若枝《わかえだ》を配置しているあたり、その若枝は夢の中で見ていた想い人の象徴とも考えられるのである。

*後京極摂政良経—九条良経。平安時代末期から鎌倉時代前期にかけての公家歌人、『六百番歌合』を主催し、『新古今集』の撰集に関与して仮名序を書いた(一一六九—一二〇六)。

*慈円—20に既出。

*光経集—鎌倉時代の歌人藤原光経の家集。

24

水鳥《みづどり》の鴨《かも》の河原の大すずみ今宵《こよひ》よりとや月も照るらむ

【出典】桂園一枝・事につき時にふれたる・四九七

水鳥のいる鴨川の河原の夏越の祓の日。今宵からはもう秋と、月もこうこうと照りつけるのであろうか。

文化十二年（一八一五）の詠作である。「事につき時にふれたる」歌群の一つ。鴨川の「大すずみ」というのが、この歌の眼目であろう。水鳥の「鴨」と鴨川の「鴨」をかけ、「水鳥の」を枕詞的に使っている。

鴨川における涼みについては、『*新拾遺集《しんしゅうい》』*進子《しんし》内親王に「大麻《おほぬさ》や朝の木《ゆ》綿《ふ》しで打ちなびきみそぎ涼しき鴨の川風」という歌がある。ここに「みそぎ」と詠まれているのは「名越祓《なごしのはらえ》・夏越祓」のことで、平安中期ごろから

*新拾遺集―十九番目の勅撰集、足利義詮の執奏で後光厳天皇より綸旨が下り、二条為明が編纂した。為明の死後頓阿がそれを引き継いだ。

*進子内親王―伏見院の皇

は六月晦日《みそか》に行う祓《はらえ》、それまでの半年間に身に積《つも》ったさまざまなけがれをはらい除く年中行事である。京都に住む人にとってこの夏越祓《なごしのはらえ》が終わると、暦の上では秋が訪れるという季節感覚があった。定家の『拾遺愚草』にも「夏果つる扇に露もおきそめてみそぎ涼しき鴨の川風」という歌がある。夏がはてて夏の季節を象徴する扇には、秋の露が置き始めて、鴨川の夏越祓には既に涼しい秋の風が吹き始めているという歌である。『*後鳥羽院《ごとばいん》御集』にも、この夏と秋との季節感が交錯する六月晦日《みそか》の鴨の川風が描かれている。「夏と秋とゆきかふ夜半《よは》の浪の音のかたへすずしき鴨の川風」。夏と秋とを行きつ戻りつしている六月晦日の夜の波の音の片一方である秋の方は、涼しい鴨の川風であることよという意味であろう。

景樹のこの歌は、夏から秋へと季節の移り変わる鴨川の夏越祓の日に、今夜からいよいよ自分の出番だとばかりに、秋の主役としての月が照《て》りはえているという歌である。景樹には、この鴨の涼みを詠んだ歌が他に二首備わる。「風わたる鴨の川原の柳陰うちなびきても涼むころかな」「水鳥の鴨の川風ふきにけりいくらの袖か涼しかるらむ」。これらの歌には、京都人としての景樹の季節感が色濃くあらわれていると言えるだろう。

女。永福門院内侍に養われ播磨国賀茂庄に居住。後期京極派の代表的女流歌人。生没年未詳。

*後鳥羽院御集―後鳥羽院の家集。後鳥羽院は『千五百番歌合』を主宰したり、『新古今集』編纂を命じ、自らも撰歌配列に関与している中世屈指の歌人。

25

見わたせば神も鳴門《なると》の夕立に雲たちめぐる淡路島山《あはぢしまやま》

【出典】桂園一枝・事につき時にふれたる・五〇五

見渡すと、雷も鳴っている鳴門の夕立に、みるみる黒雲がたちこめていく淡路島山であることよ。

作歌年代未詳。この歌の中心になるのは、「神も鳴門の夕立」という部分であろう。「神」は「鳴神《なるかみ》」。これを「鳴門」の「鳴」にかけ、鳴門のある淡路島の方に、神鳴が鳴ると、夕立になり、みるみると暗雲《あんうん》が立ちこめて淡路島を取り囲んでいく様子が、迫真的に描かれている。

「鳴門」は、渦潮《うずしお》で有名な歌枕であり、『夫木和歌抄*』に慈鎮《*じちん》和尚の「住吉の松の嵐にかよふなり阿波《あは》の鳴門の浪の音まで」という歌があり、また近世

*夫木和歌抄—13に既出。
*慈鎮和尚—慈円。20に既

の＊下河辺長流《しもこうべ》の『晩花集』にも「わたつみの鳴門は竜の角《かど》なれば潮《うしほ》も滝と落つるなりけり」とある。鳴門の渦潮を表現するのに、「鳴門」は龍の角《つの》であるので、潮流が滝のように落ちるのだと詠んでいる。

景樹のように、鳴門に雨や夕立を詠んだ古い用例には、『新拾遺集』従三位成清の「心して篷《とま》ひきおほへ浮雲も雨になるとの沖つ舟人」がある。「雨になる」と「鳴門」の「鳴」をかけていて、鳴門にみるみる内に雲がかかり、雨になっていく様子が描かれているという点では、景樹の歌と通じる所がある。

景樹と同時代では、加納諸平《もろひら》＊の『柿園詠草《かきぞのえいそう》』が「はただ神なるとの沖をこぐ船の跡かきくらし雨さわぐなり」と詠んでいる。「はただ神」とは、神鳴の事であり、「神」が「鳴る」と「鳴門」の「鳴」がかけられている点、また「かきくらす」というのは、暗雲がたちこめる意味であるから、景樹の趣《しゆ》向《こう》と極めて近いものがある。諸平の歌が、『新拾遺集』の成清の歌のように、沖に漕《こ》いでいる船が、みるみる雨に降り込められている様子を描いているのに対し、景樹の歌は、暗雲が淡路島全体に覆《おお》い被《かぶ》さっていく様子を詠んでいる点が異なってる。

出。

＊下河辺長流―江戸時代前期の歌人、和学者。木下長嘯子に私淑し、西山宗因に連歌を学ぶ。水戸光圀に依頼された『万葉集』の研究は契沖に引き継がれた（一六二七頃―一六八六）。

＊加納諸平―14に既出。

26

わが宿《やど》にせき入れておとす遣水《やりみづ》の流れに枕すべき比《ころ》かな

【出典】桂園一枝・事につき時にふれたる・五〇九

我が宿に川の水をせき入れて、その水を落とす遣り水の流れの音を聞いて涼みながら枕につく季節になったことだ。

文政六年（一八二三）の詠作である。「事につき時にふれたる」歌群の一つ。宿に水をせき入れることをよんだ歌は多い。『夫木和歌抄』*に従二位家隆の歌として「山風のよそに紅葉は水無瀬川《みなせがわ》せきいるる宿の庭の白菊」という歌が載る。ここでは、「宿」に水無瀬川を「せきいるる」という情景になっている。川から、宿に流れをひいてきて賞する家隆の歌ではすでに紅葉や白菊の秋季だから情景は、このように詠まれてきているのである。しかし、

*夫木和歌抄―13に既出。

『玉葉集』*に平経正《つねまさ》*の「さみだれに水しまされば音羽河《おとはがわ》せきいれぬ宿も落つる滝つせ」という歌が載っているが、この経正の歌は宿には音羽河の水を引き込んでいない。五月雨で増水した川で、あたかも水を引き込んだかのように、庭に滝が出来ているのである。『続詞花集』*にも、仁和寺一宮母の「音羽河せきいれぬ宿の池水も人の心は見えけるものを」という歌があるが、この歌でも音羽河の水はせきいれてはいない。

慈円*の『拾玉集《しゅうぎょく》』に「山川をしばの網戸にせきいれて宿かる月の姿をぞみる」という歌があるが、具体的な川の名前は書かれず、山川を粗末《そまつ》な柴の網戸に引き入れて、そこに映る月の姿を見ている。また近世初期の木下*長嘯子《ちょうしょうし》の歌に、「夏はただ音にききつつ音羽河月せきいれてすずむ宿かな」という歌があるが、水はせきいれないという古歌の伝統を踏まえながら、「月せきいれて」と詠んで矛盾がない歌に仕立て上げている。音羽河をただ音にだけ聞いて涼しさを得、宿にせき入れて涼むのは月の光なのである。

これらの歌に対し、景樹の歌では川の名前は特にあげず、水を宿にせきいれて落とす遣《や》り水の音を聞きながら涼をとる、夏の季節の訪れを歌に仕立てている。

＊玉葉集―23に既出。
＊平経正―平家一門の武将。歌人。都落ちの際、仁和寺覚性から下賜された琵琶の銘器を返し和歌を残した逸話が『平家物語』などに記される。能の演目にも『経正』とあるのはこの人物を題材にしたもの（生年未詳―一一八四）。
＊続詞花集―平安末期の私撰集、藤原清輔撰。七番目の勅撰集になるはずのところ、二条天皇の崩御により実現しなかった。
＊慈円―20に既出。
＊木下長嘯子―02に既出。

27

夕日さす浅茅《あさぢ》が原に乱れけり薄《うすくれなゐ》紅の秋のかげろふ

【出典】桂園一枝・事につき時にふれたる・五一七

夕日が差している浅茅が原に乱れ飛んでいるのは、その羽根を薄紅色に染めた秋のカゲロウであることよ。

作歌年次未詳。「事につき時にふれたる」歌群の中の一首。夕日のさしている浅茅《あさじ》が原に乱れ飛んでいる薄紅の羽を持つカゲロウ。この夕日が沈むまでの一瞬の情景は、時を越えた普遍性を持っている。

「かげろふ」はトンボの総名。『康頼本草《*やすよりほんぞう》』に、「蜻蛉《かげろう》…止《と》ム波《ば》宇《う》、又云加《か》計《げ》呂《ろ》宇《う》」とあることによって知られる。また、うすばかげろう・くさかげろう・つのとんぼなど脈《あみめかげろうもく》翅目の昆虫、さらには蜉蝣《かげろうもく》目の昆虫も、その翅《はね》の

＊康頼本草―平安時代の本草学書。丹波康頼に仮託して編集された。

さまから「かげろふ」の名で呼ばれたと考えられる。朝に生れて夕に死ぬとか、三日の命などといわれて、はかないものの喩《たと》えとされるのは、この蜉蝣《かげろう》目《もく》の昆虫の方である。『源氏物語』「蜻蛉」に「夕暮かげろふの物はかなげに飛びちがふを」と表現されたり、『新古今集』に*「夕暮に命かけたるかげろふのありやあらずや問ふもはかなし」とされているのは、カゲロウ目の昆虫の事であるから、この歌でも「かげろふ」は蜉蝣目のカゲロウとすべきであろう。カゲロウの学名の原義は「その日一日」であり、カゲロウの寿命の短さに由来する。『徒然草』第七段にも「かげろふの夕べをまち、夏の蟬の春秋をしらぬもあるぞかし」とあるように、カゲロウが夕刻には死ぬ運命にあることが記されている。

　すると、この歌の解釈には、単なる叙景歌ではないものも見えてくる。この一瞬の紅《くれない》につつまれた風景は、多くの乱れ飛んでいるカゲロウにとって、生命の最後の輝きの瞬間なのである。それは、一日の太陽にとってもまた同じことであり、生命の最後の瞬間である。ともに、今にも死を迎えるものどうしが、眩《まばゆ》いばかりの閃光《せんこう》を放っているというのは、生きとし生けるものの存在に対して非常に暗示的である。

*夕暮に命かけたる―恋五に載る詠人知らずの歌。

28

朝づく日匂へる空の月見れば消えたる影もある世なりけり

【出典】桂園一枝・事につき時にふれたる・五三四

朝日が照り始める空の月を見ると、空の月が薄く透明になり消えていくように、スーッと消えてしまう姿もあるこの世の中であることだ。

詠作年代未詳歌。「事につき時にふれたる」歌群の一つ。ここでは、「朝づく日」「匂へる空」という部分が着目すべき点であろう。ここで「匂へる」対象となっているのは、光であり、古くは『万葉集』の長歌「秋さればもみち葉にほひ」に見られるように、色・光彩が本体から発散し照り映《てりは》えるのをいうのであるが、平安時代からはしだいに嗅覚表現としての「匂ふ」が現れ始める。中世の和歌や連歌に顕著になったのは、色彩の照り映える様子と、梅、桜が匂う様子とがない交ぜになってきたものである。

『*古今和歌六帖《こきんわかろくじょう》』に「*朝日影にほへる山に照る月のうつくし妻を山ごしにおきて」という歌がある。景樹の歌は、この歌と素材が同じであり、これを意識していた可能性も考えられる。「消えたる影」とは、朝日がのぼってくるに従って、次第に薄くなって空の色に溶《と》けていってしまう月影の事であろう。*賀茂真淵の歌に、「朝日影にほへる山にむらさきの雲たちわたる春ちかみかも」があり、*村田春海にも「朝日かげにほへる春のわか水に千世のさかえやくみてしらまし」という歌がある。「匂ふ」を中古以後の、嗅覚とない交《ま》ぜにした表現ではなく、上代の色彩表現としてのみ用いる「匂ふ」を用いている辺りは、真淵や春海などと同様に、景樹も『万葉集』を意識していたからであると考えられる。

「朝づく日」に「消えたる影」とは、文政三年（一八二〇）三月十二日の明け方に亡くなってしまった、景樹の愛妻包子《かねこ》の事とも考えられる。明け方の薄くなってきえてしまう月の姿と、明け方に息をひきとっていく妻の姿を重ね合わせているのだとすれば、この歌は、文政三年三月十二日の明け方を題材にした作品であると考えられよう。

*古今和歌六帖―平安中期の類題和歌集、作歌の手引書として多くの古歌が収録されているものの編者の名は諸説がある。

*朝日影―『井蛙抄《せいあしょう》』や『袋草紙《ふくろぞうし》』といった中世の歌論書では、第四句目を「あかざるいもを」という形で載せている。

*賀茂真淵―01に既出。

*村田春海―09に既出。

29

富士《ふじ》の嶺《ね》を木間《このま》木間《このま》にかへり見て松のかげふむ浮島が原

【出典】桂園一枝・事につき時にふれたる・五五八

富士の高嶺を、木の間木の間ごとに振り返り見て、松の木の陰を踏みながら歩く浮島が原であることよ。

文政元年（一八一八）十一月九日に作られた歌。『桂園遺稿』や『中空《なかぞら》の日記』には、「諏訪松長*をすぎて原にかかる」という詞書がある。景樹五十一歳の十月、江戸を出て、伊勢へ向け出立した道中記中の歌である。十月二十三日より、尾張《おわり》津島の門人宅へ到着した十一月二十九日までのこの『中空の日記』は、文政二年に刊行された。『曽我*《そが》物語』に、「千本の松原、心ぼそくあゆみすぎ、浮島が原にもいでぬ」という記述があるが、沼津の千本の松を通

*諏訪松長―富士の裾野沼津の地名・信州の諏訪とは別。

*曽我物語―鎌倉時代初期におきた曽我兄弟の仇討ちを題材にした軍記物語。

り抜けると、歌枕として名高い浮島が原に出るのである。

第二句目の「木間木間にかへりみて」というのが、この歌のポイント。『曽我物語』などにも描かれている千本の松原、またそのような場所にある歌枕としての浮島が原。そして、そこから見える雄大な富士。「かへり見て」とは後ろを振り返ってみることであるから、景樹は歩きながら、後ろの雄大《ゆうだい》な富士を振り返り振り返り、松と松との間から富士を見ているのである。「木間木間にかへり見て」という部分に、実際に浮島が原付近を歩いたものにしか詠《よ》めない実感が備わっている。「松のかげふむ」もそのリアリティを補う働きをしているだろう。

先述したように、この歌には、動画のような動きがある。振り返りながら、過ぎゆく松の木、木の間木の間には、少しずつ形を変えながらもその雄《ゆう》姿《し》を見せる富士の山がある。自らの足下には、松の影があり、景樹と思われる旅人は、どんどん先へ歩みを進めていくのである。そういう意味では、これも景樹の実景実感から詠まれた歌であることは確かである。

30

敷島《しきしま》の歌のあらす田荒れにけりあらすきかへせ歌の荒樔田《あらすだ》

【出典】桂園一枝・事につき時にふれたる・五八三

日本の敷島の道である和歌の道は、荒れた田のようにすっかり荒れてしまった。さぁ鋤きかえせ。この歌の荒田を。

文化二年（一八〇五）の詠作。京都松尾大社のほど近くに月読《つきよみ》神社がある。もとは歌荒樔田《うたあらすだ》の地に祀《まつ》られていた。顕宗三年（四八七）阿閉臣事代《あべのおみことしろ》が命をうけて任那《みまな》に使いしたとき、月神が人に憑《つ》いて「わが祖タカミムスビは天地をお造りになった功がある。田畑をわが月神に奉れ。求めのままに献上すれば、慶福が得られるであろう」と告《つ》げたことから、壱岐《いき》から勧請《かんじょう》された神社。

この歌荒樔田については、月読神社の東方にある「上野《かんの》」と南方の「桂」

とする二説があるが、*『葛野坐月読大神宮伝記《かどのざつきよみだいじんぐうでんき》』に「(桂川の)河浜に在り」とあることからみて、桂川近くにあって古く「神野《かんの》」と書いた「上野《かんの》」(現桂上野)の辺りが有力とされる。また、「歌」とはかつての「葛野郡宇太村」を指し、「荒樔」とは「神野誕生」を意味するとされる。『日本書紀』に「歌荒樔田は、山背《やましろ》国の葛野郡《かどののぐん》に在り。壱伎県主《いきあがたぬし》の先祖押見宿祢《おしみのすくね》、祀《まつり》に侍《つか》ふ」とあり、*『文徳実録《もんとくじつろく》』に、斉衡三年(八五六)三月、当社が川の側にあって水の害を受けたため、現在地に遷座《せんざ》されたという記述がある。ただし、遷座の時期に関しては、仁寿三年(八五三)や大宝元年(七〇一)とする説もある。この託《たく》宣《せん》した月神はもと壱岐《いき》の月読神社の祭神で、壱岐海人の海を支配する神であった。

景樹は、松尾大社にほど近いこの月読神社に赴《おもむ》き、これがもとは「歌荒樔田の地」にあったという事から、この歌を発想したものと思われる。

自身の和歌改革の意気込みを「歌荒樔田」の地にあった月読神社に「私は歌の田畑を鋤《す》きかえし奉ります」と誓ったのであろう。この歌には、ある意味では一種の雨乞《あまご》い歌のようなリズムが備わっており、そう取ることで初めて最後の句の「荒樔田」という表記が生きてくる。

＊葛野坐月読大神宮伝記―京都市西京区松室山添町にある葛野坐月読神社の社歴。同社は松尾大社の南に位置する。

＊文徳実録―平安前期の歴史書。六国史の五番目にあたり十巻よりなる。藤原基経、菅原是善らの撰。元慶三年成立。

31

嵯峨山《さがやま》の松も君にし問はれずは誰《たれ》にかたらむ千世《ちよ》の古事《ふるごと》

【出典】桂園一枝・雑歌・七一九

嵯峨山のこの松でさえも、あなたに問われなければ、誰に自分が知っている千代にもわたる古事を語りましょうか。私もあなただからこそ、これだけさまざまな事が語れるのです。

享和元年（一八〇一）六月七日の詠。「伊勢なる本居宣長*、都にありけるほど、嵯峨山の松といふ事をよませけるに、よみて遣しける」という詞書がついている。七十二歳最晩年の宣長《のりなが》は、この年三月から六月まで京都に滞在している。宣長の五月二十八日の日記には、香川景樹と初めて対面した事が書かれている。「右の人、予の旅宿へ訪ひ来たき由《よし》かねがね望まるるところ、今日ここへ来訪ふ也」とあるから、景樹の方から老大家である宣長へ面会したい

＊本居宣長―江戸時代中期の最大の国学者。伊勢松坂の出身。賀茂真淵の古学をうけつぎ、『古事記伝』四四巻を完成した他、『新古今集』や『源氏物語』の研究に多大の業績を残した（一七三〇―一八〇一）。

旨アプローチしたのだろう。景樹は「著《あらわ》し給へる御書などは早う見奉りて、御かげを蒙れる事少からず。いとめでたくなむ」と挨拶した。

この日は酒宴もあり、景樹と、宣長との間には次のような贈答歌があった。

「涼しさに夏もやどりも故郷に帰らむことも皆忘れけり」（宣長）

「たゞひとめ見えぬるわれはいかならん古郷さへに忘るてふ君」（景樹）

宣長が、ここは涼しくて、故郷に帰る事すら皆忘れてしまうと詠んだのに対し、そんな大切な故郷さえ忘れてしまうというあなたにとっては、ただ一目会った私の事などいかがでしょうか、すぐに忘れてしまわれるのでしょうねと景樹は返しているのである。それに対して宣長の方からは、すぐに歌が返されている。「故郷はおもはずとてもたまさかに逢みし君をいつか忘れん」。古郷は思わないとしても、思いがけなくも出会ったあなたの事をどうして忘れてしまう事がありましょうというのである。景樹と宣長は、意気《いき》投《とう》合《ごう》してしまったようである。

それは、かつて、宣長が*賀茂真淵と一晩出会って師弟の契《ちぎ》りを結んだ有名な「*松阪の一夜」の話に匹敵《ひってき》し得るほどである。

*賀茂真淵—江戸時代中期の国学者。荷田春満を師とする。万葉集などの古代研究を通じ、古代日本人の精神を研究した。国学四大人の一人（一六九七—一七六九）。

*松阪の一夜—本居宣長が宝暦十三年、松阪の旅館に、賀茂真淵を訪ねたこと。この時真淵は宣長に古事記研究を強くすすめた。

景樹と宣長の二人の出合いは、最晩年の宣長と景樹とが、『古今集』を重んじるという姿勢においてほぼ変わらない主張をしていたことと関わりがあるものと思われる。宣長の初期の歌論書『排蘆小船《あしわけおぶね》』と、晩年に書かれた『うひまなび』とを比較してみるとわかるが、宣長の最晩年の主張は結果的に景樹の標榜《ひょうぼう》する古今主義と重なってくるのである。

宣長は『新古今集』を理想とはするものの、それをじかに学ぶと『玉葉集』『風雅集』などの異風体《いふうてい》に陥ってしまうとする。この主張自体は、初期の歌論書『排蘆小船』と最晩年の『うひまなび』との間に見解の違いが見られず、『新古今集』を良いとしながらも、初期には、それを学ぶ為に、三代集を学ぶ事が必要であるとしていた。

しかし、晩年の『うひまなび』の時点では、『新古今集』の風体を得る為には、『古今集』を学ぶ事が重要であると、『後撰集《ごせんしゅう》』『拾遺集』の二書をはずしてしまっているのである。そういう意味では、景樹自身の『古今集』そのものを重んじる考え方と、『新古今集』の境地にたどりつく為に、『古今集』を学ぶ必要があるとする最晩年の宣長とは、この初対面の時点ではほぼ同様の考え方をしていたと言える。初めて会ったにも関わらず二人が意気投

＊異風体―江戸時代の和歌では主流である二条派を正風として、それに反する玉葉風雅の歌風や正徹などの歌風をさしていった。

合した所以《ゆえん》であろう。

掲出した嵯峨山の歌は、そのようなお互い好意的な初対面から十日ほど経った二度目の対面の時、恐らく宣長が京都を離れる際に、景樹が宣長に贈った歌。長寿を祝う「嵯峨山の松」にひっかけながら、自ら、この老大家への名残惜《なごりお》しい気持ちを素直に詠んでいる。しかし、その景樹の思いも叶わず、この年の九月に宣長は亡くなってしまった。この年には小沢蘆庵《おざわろあん》＊も亡くなっており、景樹は、同じ年に先達と仰《あお》いだ二人の人物を同時に失ったことになる。

＊小沢蘆庵―江戸中期の歌人・数学者。冷泉為村に歌を学び、「ただごと歌」を主張。歌集に「六帖詠集」などがある（一七二三―一八〇一）。

32

親しきは亡《な》きがあまたに成りぬれど惜《を》しとは君を思ひけるかな

【出典】桂園一枝・雑歌・七六四

親しい人では、もう亡くなった人が多くなってしまったが、私にとって本当に惜しいのはあなたをうしなってしまったことだと思っています。

享和元年（一八〇一）七月十二日、景樹にとって心の師とも仰いでいた小沢蘆庵が七十九歳で亡くなる。この歌は、その初月忌《しょがっき》に詠《よ》み遣《つか》わした歌である。師への敬愛の情を「惜し」の一語に率直にこめた歌。

蘆庵は歌論『古《ふる》の中道《なかみち》』において、歌を詠むのには法もなく、師もいらず、心のままを詠むことに和歌の本質をおいた。『あしかび』という歌論では、「たゞ今思へる事を、わがいはるゝ詞をもて、ことわりの聞ゆるやうにいひいづる。これを歌とはいふなり」として、いわゆる「たゞこと歌」を提《てい》唱《しょう》している。歌というものは、自分の考えを自分の言葉で理屈が通るように詠む、ただそれだけの事だというのである。また、蘆庵は、*澄月《ちょうげつ》、*慈《じ》延《えん》、*蒿蹊《こうけい》とともに平安和歌四天王と呼ばれている。

景樹は、香川家に養子として入った年の二年後である寛政十年（一七九八）に、養父景柄《かげもと》の紹介で蘆庵と知り合う。翌年には、蘆庵から直接指導を受けるようになっている。ただし、「歌に師なし」とする蘆庵の歌論上の立場から、正式な師弟関係ではなかったが、実質的には師弟関係と言えるものであったと考えられる。

蘆庵が景樹の歌道に対して激励をした歌の贈答が残っている。「身は疲る道はた遠しいかにして山のあなたの花は見るべき」と遣わした景樹に対し、「年《とし》を経し我だにいまだ見ぬ花をいと疾《と》く君は折りてけるかな」と蘆庵は返している。どのようにして山の彼方にある花(歌の道)を見る事が出来るのでしょうかという三十代初めの景樹の問いに対して、七十代半ばを過ぎた最晩年の蘆庵は、年をとった私でさえまだ見ない花(歌の道)をあなたは早くも折ってきたのですねと穏《おだ》やかに励ましながら返したのである。

*澄月―17に既出。
*慈延―17に既出。
*蒿蹊―伴蒿蹊。江戸時代後期の歌人。『近世畸人伝』の作者（一七三三―一八〇六）。

33

おのが見ぬ花ほととぎす月雪を四《よつ》の緒《を》にこそ引きうつしけれ

【出典】桂園一枝・雑歌・七七五

私がまだ見ていない、花、時鳥、月、雪を、この琵琶法師の弾く琵琶の音が、あたかも眼前に見ているように再現してくれていることだ。

文政十年（一八二七）の詠。歌題は「琵琶法師」。歌の中にある「四《よつ》の緒《お》」は琵琶の別称。『兼盛集《*かねもりしゅう》』には「琵琶の法師」という歌題で「四の緒に思ふ心を調《しら》べつつ弾き歩けども知る人もなし」という歌が載り、『増鏡《*ますかがみ》』にも「思ひやれ塵《ちり》のみ積もる四の緒に払ひもあへずかゝる涙を」と記載されている。

景樹はこの歌で、琵琶（四の緒）を聴くことにより、眼前に見ていない四季の風物、すなわち花や、時鳥《ほととぎす》、月、雪を、琵琶の音によって、まるで眼

＊兼盛集―平安中期の歌人、平兼盛の家集。
＊増鏡―南北朝の初期に作られた歴史物語。鎌倉時代の朝廷を中心とした歴史を描く。

前にそれらの風物が立ち現れてくるかのように思い起こしているのである。＊白居易《はっきょい》の「琵琶行」に「杜鵑《ほととぎす》ハ血ニ啼《な》キ、猿ハ哀レニ鳴ク。春江、花ノ朝、秋月ノ夜、往往酒ヲ取リテ還《ま》タ獨《ひと》リ傾ク」という詩句があり、あるいはこの漢詩の影響があるものかも知れない。この詩は白居易が江州の司馬（知事の下僚）に左遷《させん》された時期の作品であり、秋の月夜、琵琶の音に長安の都の手ぶりが感じられ、弾手《ひきて》にたずねると、彼女はもと長安の＊妓女《ぎじょ》で、色香おとろえて江州の商人の妻となっている事が知られるというもの。ここでも、白居易はその都の手ぶりの琵琶の中に時鳥、猿声、花、月を思い起こしながら一人酒を飲んでいるのである。

また、『玉葉集』＊永福門院《えいふくもんいん》に「心うつる情《なさけ》いづれとわきかねぬ花時鳥月雪のとき」という表現があり、「花時鳥月雪」を続けて詠んでいるので、この永福門院の歌の影響を受けている可能性もある。＊藤原惺窩《ふじわらせいか》の歌にも次のようなものがある。「さぞひとり友もあれなと思ふらん花ほととぎす月雪にこそ」。ただし、この頃すでに景樹が禅の影響を受けていることを考えると、＊道元《どうげん》の「春は花夏時鳥秋は月冬雪さえてすずしかりけり」をふまえていると考えるのが妥当であろう。

＊白居易―中国盛唐時代の詩人白楽天。その詩集「白氏文集」は日本の歌人のバイブルのようになった。

＊妓女―遊女、また芸能を演じた女性。

＊玉葉集―23に既出。

＊藤原惺窩―江戸時代前期の儒学者、林羅山の師（一五六一―一六一九）。

＊道元―鎌倉時代初期の禅僧。曹洞宗の開祖。只管打坐の禅を伝えた（一二〇〇―一二五三）。

34 かへりみよこれも昔は花薄《はなすすき》まねきし袖の名残なりけり

【出典】桂園一枝・雑歌・七八六

きちんと顧みなさいよ。髑髏《どくろ》の絵の女も、今では、秋の野原で花薄が生えた所にいるが、昔は、この花薄の穂のように、その袖で人を招いていたなれの果ての姿なのだよ。

作歌年次不詳の歌。京都市左京区の浄土宗安楽寺が宝物として所蔵する掛軸に、平安時代に絶世の美女だったという小野小町《*おののこまち》をモチーフにした「小野小町九相図《くそうず》」三幅《ぷく》がある。九相《*》とは盛者必衰《じようしやひつすい》や死生観を分りやすく図解している絵巻で、華《はな》やいだ生活を過ごした絶世の美女もいずれは死を迎えるという、人の世の儚《はかな》さや無常観を絵解《えと》きして説明したもの。この歌は、その「小野小町九相図」のイメージと極めて近い。特に、詞書に「女の髑髏《どくろ》」と

【詞書】秋の野はらに女の髑髏《どくろ》を見て処女《をこめ》のにげさる図。

*小野小町―平安前期の女流歌人。六歌仙、三十六歌仙の一人。絶世の美女として数々の逸話があり、後に能や浄瑠璃の題材となる。生

あるので、ますますこの図と関わりがありそうである。
荒れ野で古墳相《こふんそう》になった小町の骸骨《がいこつ》の目から一本のススキが生え、「あなめ、あなめ（ああ目が痛い）」と骸骨が泣いたという謡曲『通小町《かよいこまち》』の中の一首「秋風の吹くにつけてもあなめあなめ小野とは言はじ薄生ひたり」がある。これを引用して芭蕉は、元禄七年夏、膳所《ぜぜ》の義仲寺《ぎちゅうじ》在住中、大津の能大夫本間主馬《ほんましゅめ》の宅に招かれて、能舞台の壁に張ってあった骸骨の能を演じている画に*画賛《がさん》を入れ、「稲妻や顔の所が薄の穂」と詠んだ。この句は『続猿蓑《ぞくさるみの》』にも所収。芭蕉は、*仏頂《ぶっちょう》和尚に出会った貞享三年頃から、一貫して仏頂の禅の弟子であった。元禄七年弟子怒誰にあてた書簡の中では、禅の「物我一智」の境地を俳諧の高い境地として位置づけている。「稲妻か」は元禄七年夏の句であるから、芭蕉は死の四ヶ月ほど前にこの「小野小町九相図」に想いを寄せている。死期が近いことを悟《さと》り「無常」に心を寄せているということなのであろう。
景樹も文化三年頃から、*拙庵禅師のもとで禅を聴講したりしているから、やはりこの歌は、文化三年以後の歌とするのが妥当であろう。ただ、このような図案が現実にあったかどうかは不明である。

没年未詳。

*九相―本集は、人が死んだ後、塵に帰るまでの様相を九段階に示したもの。

*画賛―絵画の主として上部の空白部に書き込んだ詩文のこと。漢詩の他、和歌や発句などを書く。

*仏頂和尚―15に既出。

*拙庵禅師―大雪山康国寺（島根県）を中興開山した僧。元亨二年に孤峰覚明禅師が開山した古刹を天保年間に中興し寺域を拡大した。生没年未詳。

35

古《ふ》りにける池の心はしらねども今も聞ゆる水の音かな

【出典】桂園一枝・雑歌・七九六

古びてしまった芭蕉翁の池の心は知らないけれど、今でも聞こえてくるのは、蛙の飛び込んでいる水の音であるよ。

文政三年（一八二〇）の詠。歌題は「芭蕉翁」。「池の心」とは「古池や蛙《かはづ》とびこむ水の音」の句の心境ということ。景樹は、誠拙《せいせつ》禅師に文化十一年（一八一四）に在焉《ざいえん》という居士号を受けている。この芭蕉の句も芭蕉が深川に移り住み、そこで仏頂禅師*の参禅の弟子となってからの句である。『鹿島紀行《かしまきこう》』（貞享四年）の旅では、この仏頂和尚の鹿島根本寺に面会に行っているから、貞享三年（一六八六）のこの句は、少なくとも仏頂禅師と出会った直後、その影

*仏頂禅師―15に既出。

響の色濃い頃に出来た作品と考えられる。「古池や」の画幅《がふく》の中には、圧倒的に多い蛙が描かれている画柄と、蛙が描かれていない画が少数伝わっている。「水の音」がして、蛙が画面右下に座って描かれていてはおかしいはずである。蛙が描かれていない画賛の場合、円が真ん中にあり、飛び込んだ後の波紋だけが描かれている。これは、仏教における「空」の思想を表していると考えられる。仏頂禅師の『仏頂禅師語録』は、「空」の思想を軸に展開されている。「空」は「色即是空《しきそくぜくう》、空即是色《くうそくぜしき》」と『般若心経《＊はんにゃしんぎょう》』に描かれている中心思想。存在するものはやがて消え、消えているように見えるものもまた現れるという哲学的な思想である。芭蕉句の蛙も池の中に姿を消し波紋《はもん》が消えてしまった後、また姿を現して飛び込むのである。その営為《えいい》は、「円」をえがいていて、永遠の時間続いていく。

「池の心はしらねども」という景樹の言葉は、芭蕉の「古池」句の真意《しんい》は知らないけれどもとも取れる。しかし、今でも時を越えて、ずっと聞こえているのは、その水の音だけなのだということなのであろう。「存在」というものの円環運動は、今もずっと続いていますという、言うなれば、芭蕉句に対する返歌のようになっている。

＊般若心経―「空」を説く般若経の心髄を二六二字の短い経文にこめた経。一般でもよく唱えられる。

36

水底《みなぞこ》に沈める月の影見ればなほ大空《おほぞら》のものにざりける

【出典】桂園一枝・雑歌・八〇九

李白が酔って取ろうとしたという、水底に沈んだ月の姿を見ると、なお大空に浮かんだ真実の月の姿とは似ても似つかない。

詠作年代未詳の歌。「*李白が酔《えい》さまたれし図」という詞書がある。「さまたる」は「様垂」と書く。酒に酔って乱れる場合などに用いる。平安時代の古辞書『新撰字鏡《しんせんじきょう》』には「酩酊《めいてい》　恵比佐万太留《えひさまたる》」とあり、『*類聚名義抄《るいじゅうみょうぎしょう》』には「酲ヱフ、サマタル」とある。月のことを数多く詩に残した李白は、宣州当塗県の県令李陽冰《りようすい》の邸宅で六十二歳で病死した。しかし、『*新唐書』などにある有名な伝説では、船に乗っている時、酒に酔って水面に映る月を捉え

*李白―杜甫と並称される。中国盛唐時代の詩人。酒仙としても知られる（七〇一―七六二）。

*類聚名義抄―十一世紀末から十二世紀頃に成立した漢字を引く為の辞書。編者は未詳だが法相宗の学僧とみられる。

ようとして船から落ち溺死《できし》したとある。この歌は明らかに、その『新唐書』に出てくる逸話《いつわ》によるものであろう。景樹は、この逸話により、李白が酔っぱらっている図を見ながら、水底に沈んでいる月は、空に浮かんでいる真実の月とはやはり違うのだと詠んだのである。

芭蕉の『鹿島紀行』*に仏頂禅師の歌「おりおりに変はらぬ空の月影も千々《ちぢ》のながめは雲のまにまに」という歌が載る。芭蕉一行が、せっかくの月見の晩に雨が降ってしまったことを残念がっている時、仏頂が詠んだ歌である。折々に変わらない空の月ではあるが、移ろい変わっていく雲のまにまに様々な姿を見せてくれるものだという歌。そこに存在して変わらない月の姿は、刻々と変わる雲によって変化するというのである。変わるものと変わらぬものの、芭蕉が後年手に入れた「不易流行《ふえきりゆうこう》」の思想がここにある。この仏頂の歌に対して芭蕉が詠んだのは、「月はやし梢は雨を持ちながら」と「寺に寝てまこと顔なる月見かな」という句である。

景樹のこの歌は、その仏頂の詠んだ禅的真理に近いものがある。水に映った偽物の月ではなく、空に浮かんだ真実の月を詠んだところに、禅的真理を見つめた景樹の心が見える。

＊新唐書―中国唐代の正史。北宋の欧陽脩らの奉勅撰。嘉祐六年成立。後晋の『旧唐書』と区別する為に『新唐書』と呼ぶ。

＊鹿島紀行―貞享四年、芭蕉が門人曽良と宗波を伴い、鹿島神宮へ月見を兼ねて参拝した時の紀行。

37

濡《ぬ》らさじとくれしこれすら煩はし受けらるべしや天《あめ》の滴《したた》り

【出典】桂園一枝・雑歌・八一〇

私の手をぬらすまいとしてくれたこの瓢簞《ひょうたん》すら煩わしい。この瓢簞《ひょうたん》で受けることが出来るであろうか。天から降ってくる雨の滴りを。

文政十二年（一八二五）の詠作。一、二句が別本では、「物せんはぬれぬわざだに」となっている。詞書の三宝院とは、京都市伏見区醍醐《だいご》にある醍醐寺の院家。『徒然草』十八段に、この歌の基になった許由《きよゆう》*の逸話が示されている。「唐土に許由といひつる人は、さらに身にしたがへる貯へもなくて、水をも手して捧げて飲みけるを見て、なりひさごといふ物を人の得させたりければ、ある時、木の枝にかけたりけるが、風にふかれて鳴りけるをかしがまし

【詞書】三宝院の御門主より、許由が瓢《ひさご》を梢にかけてかへり見たる方をよませ給ふに

＊許由―中国古代の伝説上の人物。堯が許由に位を譲ろうとしたがこれを断って箕《き》山に隠れたという。

とて捨てつ。また手に掬《むす》びてぞ水も飲みける。いかばかり心のうち涼しかりけん。」

この歌は、理想的な隠者《いんじゃ》の様子として、許六《きょりく》の『風俗文選《もんぜん》』*にも「一瓢《いっぴょう》のたのしびは、賢人の上、里の子はしるまじ。草刈の中より、その賢人くらべならば、許由はかしがましとて捨てたりとのゝしる。」などとある。また、芭蕉の『野ざらし紀行』においても「もしこれ扶桑《ふそう》に伯夷《はくい》*あらば、必ず口をすすがん。もしこれ許由に告げば、耳を洗はむ」とあり、隠者としての許由の逸話は、中世から近世にかけて定着していったものと考えられる。

景樹の、この歌は、『徒然草』に示されている逸話の中で、手がぬれないように人がくれた瓢簞《ひょうたん》を、木の梢にかけていた所、風が吹くと鳴ってうるさいので、捨ててしまい、再び手で水を掬《すく》ったという話の途中までの部分、すなわち許由が瓢を*人からもらったものの困ってしまって木の梢にかけて、それを振り返っている部分を歌にして詠んだものである。この歌も、人間本来無一物という禅的思想との関わりで注目される。景樹が文化十一年に誠拙《せいせつ》*禅師より、在焉《ざいえん》の居士号を受けている事は既に記した。

＊風俗文選―芭蕉の弟子森許六の編になる芭蕉一門の俳文集。

＊伯夷―殷時代の周の人で、叔斉《しゅくせい》の兄。叔斉と共に汚れた世を避け、首陽山に隠れ、わらびを食して死んだという。

＊許由が瓢を―芭蕉は『阿羅野』の「雁がねの巻」で「瓢簞の大きさ五石ばかり也」という越人の句に「風にふかれて帰る市人」と同場面を念頭において付けている。

＊誠拙禅師―15に既出。

38

世の中にあはぬ調《しら》べはさもあらばあれ心にかよふ峰の松風

【出典】桂園一枝・雑歌・八一二

世の中にあわない調べはどうにでもなれ。心に通ってくるのは、この峰の松風という琴の調べであることよ。

文政十二年（一八二九）の詠作。詞書は「また淵明《えんめい》が琴ひく」である。『陶靖《とうせい》節伝《せつでん》』に「淵明《えんめい》ハ音律ヲ解セズ　而シテ無絃琴一張ヲ蓄《たくは》フ」とあることによる。李白は、陶淵明を詩にして「大音ニテ自ラ曲ヲ成ス。但シ奏《かな》デルノハ無弦琴」とし、王昌齢《おうしょうれい》は「但シ無絃ノ琴有リ、君ト共ニ尊中ヲ盡《つく》ス」としている。松風とは松の梢を吹き渡る風。その音を松籟《しょうらい》といい琴の音や茶釜の煮えたぎる音に比して賞された。

＊淵明―陶淵明。六朝時代の東晋の詩人陶淵名。「帰去来辞」で知られる（三六五―四二七）。
＊王昌齢―中国唐代中期の詩人。「詩家の天子」とも呼ばれ七言絶句に優れた

『*拾遺集』雑上に入る斎宮女御《さいくうにようご》の「松風入夜琴」という歌題の歌に「琴の音《ね》に峰の松風かよふらしいづれの緒《を》より調べそめけん」というものがある。これを本歌《ほんか》にした歌を景樹は文化十年に作っている。「松風も夕にせまる声すなり玉の緒よりや調べそめけむ」である。

「さもあらばあれ」はそれならそれでよいという諦めや許容、または、どうにでもなれという自棄《じき》的な気持ち。なぜ景樹は、諦めや自棄的な気持ちをこの歌において表明しているのか。これは、「調べ」という部分に関わりがあるものと考えられる。景樹は享和二年（一八〇三）頃「*調の説」という独自の説を唱えたが、*村田春海《はるみ》や*加藤千蔭《ちかげ》などの江戸派から、『筆のさが』などで猛烈な批判を受け、京都旧派歌人の*伴蒿蹊《ばんこうけい》や、日枝《ひえ》の社家からもそれに賛意を表する説が出た。景樹はこの事件を無弦の琴を題材にして詠んだものと考えられる。つまり、音律を解せず、自ら無弦の琴を楽しんだ陶淵明という中国の大詩人に自らの立場をなぞらえたのである。世の中に受け入れらない「調の説」の事はどうでもよい。私の心には、峰の松風（琴の調べ）が響きわたっているのだからという、いわば自負《じふ》の歌でもあると考えられる。

（六九八―七六五?）。

＊拾遺集―『古今集』『後撰集』に続く三番目の勅撰集。一条天皇の代、寛弘三年頃の成立かとされる。花山院もしくは花山院が藤原長能、源道済に撰進させたと言われてきたが確証はない。むしろ藤原公任撰とされる『拾遺抄』をもとに編まれたものとされる。

＊調の説―09の巻末を参照。また解説を参照。

＊村田春海―09に既出。

＊加藤千蔭―07に既出。

＊伴蒿蹊―32に既出。

39

かの国の花に宿りて思ふらむこの世は蝶《てふ》の春の夜《よ》の夢

【出典】桂園一枝・雑歌・八三六

あの世では、花に宿りながら蝶は夢見るのだろう。この世こそその蝶が見ている春の夜の夢なのだと。

文政五年（一八二二）の詠である。「或人の追善の題に、幻世《げんせ》春来《しゆんらい》の夢」という詞書がついている。『桂園遺稿』の方には、「伊丹《いたみ》人追悼」と書かれている。『荘子』斉物論にある胡蝶の夢を受けたもの。昔、荘周は夢で蝶になった*。荘周が夢で胡蝶になったのか、あるいは胡蝶が夢で荘周になったのかはわからない。しかし、荘周と胡蝶とには、間違いなく区別があるはずである。これを「物化」というのだと『荘子』は締めくくっている。

*荘周は夢で蝶に―07、21を参照。

文化十一年（一八一四）に景樹は、誠拙禅師より在焉《ざいえん》号を受けた。つまりこの歌を作った文政五年の段階では、景樹は生死一如《いちによ》すなわち、生まれる事と死ぬ事は同じものであるという考え方が身についていたと思われる。『源氏物語』の注釈書である『紫家七論《しかしちろん》』を書いた安藤為章《ためあきら》の父安藤定為《さだため》も禅の思想の影響を受けていた。水戸彰考館《しょうこうかん》別館の初代総裁であり、この為章の兄である為実《ためざね》が、父の臨終の床で辞世の言葉をと願った時、「生死一如」であるのにどうして辞世などいるのだと言ったと伝えられる。定為は、息子の為章を「*不生禅《ふしょうぜん》」で有名な盤珪《ばんけい》禅師の弟子にしているほどである。定為自身、盤珪とは別懇《べっこん》であった。

「幻世春来夢」という歌題で、これが伊丹の人の追悼歌《ついとうか》ということは、景樹が、そのような禅的思想によって荘子胡蝶の夢の逸話を取り上げたものと見られよう。つまり、この世とあの世とを隔てているものは、蝶が夢見た荘周なのか、あるいは荘周が夢見た蝶なのかという違いなのであって、どちらも同じものと捉えているのであろう。「幻の世」が春の夜の夢に現れるという歌の題は、歌の後半部と通じている。すなわち「この世」は蝶が見た春の夜の夢であり、目覚めるともとの蝶に戻るだけだというのである。

＊不生禅―盤珪禅師の唱えた禅の思想。すべての人は、生まれつき不生の仏心を持つのだから不生の仏心でいよというもの。

40

馬くらべ追ひすがひてぞ過ぎにける月日の逝《ゆ》くもかくこそありけれ

【出典】桂園一枝・雑歌・八四二

競べ馬においては、後の馬が、前の馬に追いついてきて抜き去ってしまう。月日が逝ってしまうのもこんなものなのだ。

文政三年（一八二〇）の詠。歌題は「くらべ馬を」。この年景樹は、賀茂《かも》神社競馬《くらべうま》二十五番歌結の歌を詠んでいる。「競べ馬」とは二頭の馬を走らせて、その遅速で勝負を決める競技である。平安中期以降朝廷では行われなくなったが、八坂社・春日社などで行われ、特に賀茂社の五月競馬が、＊騎射《きしゃ》をも加えて有名である。『徒然草』四十一段には「五月五日、賀茂のくらべ馬を見侍りしに」などとして賀茂社の五月競馬の話が出てくる。

＊騎射―馬上で弓を射る事。後のやぶさめに相当する。

「追ひすがふ」とは追いついて来るという意味。『源氏物語』乙女の巻などに「*后《きさき》がねこそまた追ひすがひぬれ」などという用例がある。「月日」が「行く」という例は、『後撰集』読人しらずの歌に「物思ふと月日のゆくもしらざりつ雁《かり》こそ鳴きて秋とつげつれ」など多くの用例が見られる。

ただ、「月日」が「逝く」と明記されている例を、この歌の他にはほとんど確認し得ない。唯一管見に入ったのは、『*雨月《うげつ》物語』「菊花の約《ちぎり》」に「赤穴《あかな》いふ。月日は逝きやすし。おそくともこの秋は過さじ」という表現である。『雨月物語』は明和《めいわ》五年序、安永《あんえい》五年刊であるから、景樹が生まれた時に序文が書かれ、景樹が九歳の時に刊行されていており、同時代資料として目にしていた可能性が高い。特に秋成《あきなり》は歌人、国学者でもあり、賀茂真淵一門の国学者加藤宇万伎《うまき》に師事したという経歴があるし、後に『筆のさが*』の論争で、賀茂真淵の門人加藤千蔭《ちかげ》・村田春海《はるみ》ら江戸派の人々から責められることになるのであるから、景樹自身当然関心は持っていたものと考えられる。月日が過ぎ去る速さを後ろから追ってきた馬に追い抜かされるようなものだとした卓抜な比喩《ひゆ》は着目される。

*后がねこそまた――「后の候補者が次々とあとから追いついてきている」という意。

*雨月物語――上田秋成の手になる読本の代表作。「蛇性の婬」「白峯」など九編の怪奇小説からなる。

*筆のさがの論争――享和二年頃、村田春海や加藤千蔭らから、景樹の「調の説」が攻撃された事件を指す。なお38を参照。

41

人の世は浪のうき藻《も》に咲く花のただよふほどぞ盛《さか》りなりける

【出典】桂園一枝・雑歌・八四三

人生はこの御手洗《みたらし》池の浪に浮いている藻に咲く花がただよっている頃が最盛期なのだ。

作歌年次未詳。詞書の「糺《ただす》の涼み」とは、六月十九日（一説には二十日）より晦日《みそか》まで景樹が下鴨神社の御手洗会《みたらしえ》に参詣し、糺の森で納涼《のうりよう》したときの事。糺の森には多くの店が出て賑《にぎ》わったようである。*『日次紀事《ひなみきじ》』「六月」には「林間仮に茶店を設けて、酒食及び*和多加《わたか》の鮓《すし》等を売る。鯉の刺身、鰻の樺焼、真桑の瓜、桃、林檎、*太凝菜《こころぶと》、或は、竹の串を以て小き団子数箇を貫き、焼て之《これ》を売る。是を御手洗団子《みたらしだんご》と称す。社司此の団子を台に盛り、高

【詞書】糺の涼みにまかりけるに、思ふことありて。

＊日次紀事―延宝四年黒川道祐による京都地誌。主に京都における公俗の年中行事を解説したもの。

＊和多加―黄鯝魚。こい科の淡水魚。琵琶湖、淀川水系

の特産。
＊太凝菜―ところてん。

貴の家に献ず。参詣の人亦之を求む。或は蒲鉾《かまぼこ》、金灯籠草《ほおづき》、之を買て児女を賺《すか》す」とある。この中に出てくる御手洗団子は、下鴨の加茂みたらし茶屋が発祥で、この店の近くにある下鴨神社境内（糺の森）にある御手洗池の水泡を模《も》して作られたといわれている。

右の歌は、この御手洗池の藻に咲く花の事を詠んだもの。藻には、おおむね花が咲き「藻の花」は夏の季語《きご》である。人の人生を季節にたとえるならば、春は青春であり、夏は壮年、秋は熟年で、冬は晩年と見る事が出来る。陰暦六月夏の真っ盛りに咲く藻の花は、人の人生にたとえてみれば、人生の真っ盛りの花である。景樹は寛政五年に、二十六歳で鳥取から京都に出てきているので、まさに夏の真っ盛りの時期から、天保十四年（一八四三）に七十六歳で亡くなるまでの時期を京都で過ごしている。

そういう意味では、「糺の涼み」にでかけた人生半ばのある日、御手洗池の藻の花を見ながら、まさに人生の夏が過ぎ去ろうとする瞬間の感慨《かんがい》を詠んだのではあるまいかと考えられる。「糺の涼み」というのは、京都人にとって、夏から秋へ季節が変わる転換点であり、この行事が終わると秋がやってくるのである。

42

嬉しさを包みかねたる袂《たもと》よりかなしき露のなどこぼるらむ

【出典】桂園一枝・雑歌・八五〇

嬉しさを包みかねた私の袂から、どうして悲しい涙の露がこぼれるのだろう。

【詞書】葉月のはじめなりけん、むすめ孝子を伯耆守寛寧がもとにつかはしたりける歓びをとて、人人つどひて其夜もすがら舞ひかなでなどうちさわぎける中に、ひとりひそかにうたへる。

文政二年（一八一九）の八月の初め、景樹は、娘孝子《たかこ》（改名して誠子《ともこ》）を、門人である九条家諸大夫伯耆守芝寛寧《ほうきのかみしばかんねい》に嫁がせる。人々が集う結婚披露の祝宴の席、きっと門人達の多くが集まり、気のおけない場で、ひとりひそかに座を立ってこの歌を詠んだのだろう。十五歳になる娘を自分の門人に嫁にやる父親の気持ちは、嬉しさがあふれながらも涙を拭《ぬぐ》いきれなかったのだ。

景樹にとってこの文政二年という年は、悲喜こもごもの年であった。娘を八月の初めに嫁がせた後、八月十九日には、位を一階級進められて、正六位下に叙せられる。ところが、この年の冬、大坂で病気にかかった妻包子《かねこ》は、京都木屋町の別宅に戻って療養につとめてもよくならず、あくる文政三年正月を迎えても快方に向かわなかった。清水寺の観世音菩薩を信仰していた景樹は、観世音菩薩の名前を百枚書いて、賀茂川に流し、清水寺を遥拝《ようはい》した後、「春にさへあひぬるものをまだかれぬ梢に花の咲かざらめやは」という平癒《へいゆ》を祈願した歌を詠んでいる。門人である山本嘉之《よしゆき》*もその十倍に及ぶ数の紙に観世音の名前を書いて、平癒を祈って高瀬川にその紙を流している。しかし、その祈りもむなしく、三月十二日の明け方に、妻の包子は五十三歳で亡くなってしまう。

芝家に嫁いでいる娘誠子からも、夕べも寝られずうつうつとまどろんでいる時に母君と花を見に行った夢を見てという内容の詞書とともに「たらちね*とともになぐさむ花見こそさめてはかなき夢にはありけれ」という歌が送られている。嫁いで翌年の花見に、母とともに行くことがかなわなかった娘の悲しみが伝わってくる。景樹はこの妻のためにすぐに追悼歌集『またぬ青葉』を編んでいる。

*山本嘉之—景樹門人。大炊御門家の大夫（一八〇〇—一八四五）。

*たらちね—母を指す用語は本来「たらちめ」であるが、「たらちね」でも母ないし父を指した。

43

花とのみ今朝《けさ》降る雪のあざむきてまだしき梅を折らせつるかな

【出典】桂園一枝・雑歌・八六一

今朝降ってくる雪は、自らを梅の花とあざむいて、まだ咲いてもいない梅の枝を折らせてしまったことだ。

【詞書】雪のふりけるあした、蘆庵がもとへ事のついでに咲きあへぬ梅の枝をつかはすとて。

寛政《かんせい》十二年（一八〇〇）の詠。景樹が、心の師と仰《あお》いでいた小沢蘆庵に贈った歌である。ぼた雪の白く枝に積もった様子は、咲き始めた白い梅の花ととりまぎれる。景樹は、梅の蕾《つぼみ》のある枝を蘆庵から来た使いにもたせ、雪が蕾を花と見間違えさせて折らせるのだと詠んでやったのである。ところが、無風流なる使いの者は、この梅の枝を忘れていったとみえて、蘆庵からの返歌が載せられているその詞書には「その使ひ、その梅もてゆくを忘れたりければ、彼より返し」として次の歌を載せている。「梅がえを今たづぬるに見えざるは折りても雪や降りかくしけむ」。使いは、きっと短冊だけを蘆庵に手渡した。そこで、使いがその枝を忘れてきてしまったことに気づいた蘆庵は、きっとこの枝がないのも、自分の事を花だとあざむいたその雪が降り隠してしまったんだねと洒落《しやれ》た返しをしているのである。

香川家入家の二年後、寛政十年に景樹は、養父景柄《かげもと》と交流のあった蘆庵を知り、翌十一年夏には、直接に指導を受けるようになる。この歌のやりとりは、まだ知り合って半年ほどの頃のものであることが窺《うかが》える。蘆庵と景樹とは正式には師弟関係ではない。梅月堂の歌学的立場、及び蘆庵の「歌に師なし」とする歌論上の立場と矛盾するからである。しかし、実質的には、師弟関係にあったも同然と見てよいと考えられる。先の32にもあげた「身は疲る道はた遠しいかにして山のあなたの花は見るべき」などと詠んだ景樹の和歌に対する「年をへし我だにいまだ見ぬ花をいととく君は折りてけるかな」という蘆庵の返しなどは、師匠がその弟子を励ましている歌だと考えられるのである。

44

花見むと今日《けふ》うち群《む》れて乗る駒も大空の青《あを》春の日のかげ

【出典】桂園一枝・雑歌・九〇三

花を見ようと今日は連れだって乗っている馬も、大空の青の下、春の日の光につつまれている。

文化十二年（一八一五）の詠作。「題しらず」とされた歌群の内に入っている。別本では、一句から三句が「乗りわたる駒の毛色《けいろ》も時にあひて」となっており、春の日の「かげ」は「鹿毛《かげ》」となっていることから、最初の創作意図は、青空の春の日の光につやつやと光っている馬の毛色に着目したものであった事がわかる。「影」と「鹿毛」をかけてある点、あるいはそれを表記の上でも表現している点からもそれが窺える。それを「毛色」についてはまったくはずしてしまって、大空の青の下、春の光の中に馬に乗っていることの限りなき開放感に歌の中心は移っている。

「大空の青」という表現は、古典和歌の表現においては珍しい。「みどり」あるいは「青みどり」という表現はあるものの、「青空」という表現は、必ずしも多くはない。*順徳院《じゅんとくいん》『紫禁《しきん》和歌集』の「五月雨《さみだれ》のはれまも青き大空にやすらひ出づる夏の夜の月」や、正徹*『草根集』の「時をうる空もひとつに春の色の青海原ぞいとどかすめる」などの他、中世以前にはさほど用例はないのである。連歌辞書『*竹馬《ちくば》集』には、「青き空」という立項がある事から考えても無い訳ではないが、用例としてはそれほど多く確認出来ない。近世中後期以後には、一茶の『永代橋の墜落』で「青空めづらしく」などという成語が普通に確認出来るが、それ以前は「みどり」とか「青みどり」などという表現で空の色を表現するのが一般的であったようである。

景樹の歌は、「大空の青」「春の日の影」として、素材をそのまま体言止めで投げ出しており、大きな青空の下、春の光に包まれていて、大いなる開放感にあふれている景樹ら一行の明るい気分が伝わってくる。

*順徳院―鎌倉時代、第八十四代の天皇。歌論書『八雲御抄』を為す。承久の乱に関わり佐渡に配流された（一一九七―一二四二）。
*正徹―14に既出。
*竹馬集―明暦頃刊の連歌寄合辞書。

45

菜花《なのはな》に蝶もたはれてねぶるらん猫間《ねこま》の里の春の夕ぐれ

【出典】桂園一枝・雑歌・九〇四

菜の花に蝶もたわむれて眠ってしまうだろう。猫間の里の春の夕暮れ時には。

詠作年次未詳。題知らず。「たはれ」は「戯・淫」で、戯れる事。猫間とは京都の七条坊城壬生《みぶ》のあたりを北猫間・南猫間というと『源平盛衰記《げんぺいせいすいき》』*三三にある。七条大路の坊城小路および壬生大路と交わるあたりかとされている。『沙石集《しやせきしゆう》』*にも「洛陽に猫間随乗坊の上人と聞へしは」などと出てきたり、『平家物語』にも、猫間中納言という人物が現れてくる。この猫間中納言藤原光隆も別名壬生中納言とも呼ばれるのであるから、京都七条坊城壬生

＊源平盛衰記―平家物語の異本の一つ。応保年間から寿永年間までの二十年余りの源氏、平家の盛衰興亡を百数十項目に叙述する。

＊沙石集―鎌倉中期、仮名まじり文で書かれた仏教説話

辺りのこととしてよいのであろう。『*康富記《やすとみき》』嘉吉《かきつ》三年六月二十九日にも「予の知行分、七条坊門坊城、猫間畠」とある。

　春の日に猫が眠るということに関しては、連歌には「いたづらにゐねぶる猫の奥深み」（文禄《ぶんろく》二年千句）などという用例があったりするが、歌の世界には、古くは「猫が眠る」という用例は見いだせない。俳諧では芭蕉句の中に「山は猫ねぶりて行くや雪の隙《ひま》」という用例を見いだすことが出来る。景樹と同時代では、*松平定信《さだのぶ》に「春獣」という題で、「唐猫のねぶりのどけき春の日は是も胡蝶の夢や見るらん」という用例をかろうじて見いだすことが出来る。「ねこ」「ねぶり」「春の日」「胡蝶」などと景樹の素材と同じものが多く、連歌俳諧以外に用例が見いだせないだけに着目される。また、江戸派の最後を飾る歌人であり、香川景樹以後の詠み口とも称された*井上文雄『調鶴集《ちょうかくしゅう》』にも、「紅のつな引きさして少女子《をとめご》が裳裾《もすそ》の上にねぶる唐猫」という歌がある。

　景樹の歌の面白さは、京都、壬生の猫間の里という地名に、春の日にねぶる猫をかけ、更《さら》に『荘子』の*胡蝶の夢を背後に匂わせている点であろう。

集。無住道暁が編纂。

*康富記—室町時代外記局官人を勤めた中原康富の日記。和歌、連歌、芸能、有職故実などを知る上で貴重な史料。

*松平定信—寛政の改革の立役者の老中。奥州白河藩主。文事にもたけていた（一七五八—一八二九）。

*井上文雄—岸本由豆流系統の堂上派歌人（一八〇〇—一八七一）。

*胡蝶の夢—07、21、39を参照。

46

紙屋川《かみやがわ》おぼろ月夜の薄墨《うすずみ》にすきかへしたる浪の色かな

【出典】桂園一枝・雑歌・九〇五

紙屋川はほのくらがりのおぼろ月夜の下、まるで薄墨ですき返した紙のような浪の色であることよ。

文化十一年（一八一四）の詠作。「紙」「薄墨」「すきかへす」など縁語《えんご》仕立ての歌である。紙屋川は「かうやがは」、また「かいがは」ともいった。別名、荒見川。京都西北の鷹が峰の東麓から流れ出し、京の街の西側を流れ、吉祥院で桂川に入る川である。ここで紙をすいていた事が室町時代初期の『源氏物語』注釈書である*四辻善成《よつつじよしなり》の『河海抄《かかいしょう》』の記事から知られる。「紙屋川とは北野・平野の中を南へ流れたる川也。仁和川とも号すと云々。此所にて紙

＊四辻善成―室町時代初期の歌人、古典学者。順徳天皇を曽祖父に持つ。源氏注釈書『河海抄』は古注の中でも最高の水準とされるもの（一三二六―一四〇二）。

をすき始めけり」とある。北野の南のこの川の河畔に官用の紙すきの村があった事から、このように名付けられたのである。
紹巴《じょうは》の連歌辞書『匠材集《しょうざいしゅう》』には「かんや紙」として「紙や川にて紙をすき初る也」という注がついている。『古今集』貫之《つらゆき》に「紙屋川」という歌題で「うばたまのわが黒髪や変はるらむ鏡の影にふれる白雪」という物名歌《ぶつめいか》が載る。歌だけを見ると、自分の黒髪がいつの間にか白髪に変わってしまった事を詠んでいるのだが、その「髪《かみ》や変《か》は」に、題の紙屋川を隠しているのである。紙屋川に紙すきのイメージを重ねた歌としては、正徹『草根集』の「涼しさは夕立過ぎてのこる日の雲に影すく紙屋川波」がある。また『江戸職人歌合』には、「紙屋」として「てる月を反具《ほぐ》になしつる村雲も又すき返す夜半の秋風」とある。むら雲により、照っている月を反具《ほぐ》にしてしまう墨のような黒い村雲も、夜の秋風がすき返して、またもとのように使える紙になるのだという。

景樹の歌の新鮮さは、おぼろ月夜で紙屋川の波の色が薄墨色になっているという実景をとらえて、それは、紙をすきかえした色なのだと表現している点にある。

*紹巴―戦国時代の連歌師。里村紹巴、三成、秀吉とも親しかった（一五二四―一六〇二）。

*正徹―14に既出。

47

世の中はおぼろ月夜をかざしにて花の姿になりにけるかな

【出典】桂園一枝・雑歌・九〇六

世の中は、春の朧月夜をかんざしにして、華やかな花の姿になってしまったことだ。

文化十年（一八一三）の詠作。題しらず。「月」を「かざし」にするという歌は、『*夫木《ふぼく》和歌抄』に入っている*後鳥羽院《ごとばいん》「北野社百首御歌」と題される「白妙の波もてゆへる木の間より月をかざせる淡路島山」あたりが古い用例であろう。これを受けて建長八年九月十三日「百首歌合」に、*三位中将の歌「見わたせば浪もてみがく秋の夜の月をかざしの淡路島山」がある。*松下正《しょう》広《こう》の『松下集』には、「桜がり月の桂《かつら》の花は秋折らぬかざしとなる光かな」

*夫木和歌抄―13に既出。
*後鳥羽院―第八十二代天皇。承久の乱後、隠岐島に配流。千五百番歌合を主宰し、『新古今集』を撰進させる（一一八〇―一二三九）。
*三位中将―鎌倉幕府五代将軍、九条頼嗣。藤原頼嗣と

という歌がある。「桜がり」は桜の花を尋ねて山野を歩くこと。ここでは「月の桂の花」を手折らないでもつけることが出来るかざしに使うという表現が出てくる。世の中の人は、桜狩りでめいめいに、桜の花を折って「かざし」として使っているが、自分は折らないでも秋の花である「月の桂の花」（月の光）を「かざし」として使っていますよという歌である。これと関連する歌として『*集外歌仙《しゅうがいかせん》』に*肖柏《しょうはく》の「おもふらし桜かざしし都人の桂を折らぬ月の恨みは」という歌がある。これは、みんなが、桜狩をしていて、自分の月の桂を「かざし」として使わないことに対して、月が「うらみ」に思っているというものである。

景樹は、これらの歌を踏まえて詠んだと思われ、別に「大君の万代《よろづよ》までのかざしにと月の桂の影はさすらむ」と詠んだ歌もある。この「世の中は」の一首としての面白さは、自分が月をかざしにするという事ではなく、世の中（京都の街）自体が擬人化《ぎじんか》され、花の姿に身を変えた上で、おぼろ月夜をかざしにしているという点であろう。伝統を踏まえながら、それに一ひねりを加え、全く新しい優雅な歌に仕立て直しているという意味では、景樹の歌を見る上で重要な歌であると考えられる。

も呼ばれる。妻は北条経時の妹檜皮姫（一三三九—一三五六）。

＊松下正広—室町時代の正徹の一番弟子。和歌を地方に伝播するに功があった（一四二一—一四九三頃）。

＊集外歌仙—集外三十六歌仙。室町時代から江戸初期に至る歌人の歌を左右に配した歌仙形式の秀歌撰。後水尾院撰とされるが、後西院撰とする写本もある。

＊肖柏—室町時代の連歌師牡丹花肖柏。宗祇に師事して、和歌、連歌を詠んだ。宗祇の没後、京都の連歌界を指導した（一四四三—一五二七）。

48

双六《すぐろく》の市場《いちば》はいかに騒げとか降りこぼしける夕立の雨

【出典】桂園一枝・俳諧歌・九二一

すぐろくの市場は、ただでさえ騒がしいのに、これ以上いかに騒げというのであろうか。この降りこぼしたように降ってくる夕立の雨に。

作歌年次未詳。すぐろく*は中世以前の名称。近世に入ってからは「すごろく」と呼ばれた。古くインドに起こったといわれ、中国、朝鮮から伝えられた遊戯。双六盤《すごろく》の中央に賽《さい》を置く場を設け、左右に十二に区分したマスに各十五の黒白の駒をおいて、賽筒《さいづつ》に入れた二個の賽を交互に振り出し、その目の数だけ駒を進め、敵陣に全部進めたら勝ちとする。

古歌に用例は少ないが、『万葉集』に「一二《いちに》の目のみにはあらず五六三四《ごろくさんし》

＊すぐろく―上に書いたように、古くは「すぐろく」、近世以降「すごろく」と読まれたが、景樹は古語にならって「すぐろく」と読んだようである。

さへありけり双六《すごろく》の采《さい》」などという歌がある。『枕草紙』一四〇段にも「つれづれなぐさむもの。碁。すぐろく。物語」などと書かれ、日常の楽しみとして早くから定着していたことが見てとれる。『源順《したごう》集』*にも「双六番(盤)のうた」があり、「するがなる冨士の煙も春立てば霞とのみぞ見えてたなびく」、「くさしげみ人もかよはぬ山里にたがうちはらひつくるなはしろ」、「ろくろにや糸もひくらん引きまゆの白玉のをにぬけとたえぬい」、「いづこなる草のゆかりぞをみなへし心をおける露やしるどち」、「ちりもなきかがみの山にいとどしくよそにてみれどあかきもみぢば」など連続する五首の句頭句尾に「す・く・ろ・い・ち・ば」を尻取式《しりとりしき》に詠みこんだ歌が見える。

景樹の師匠筋にあたる小沢蘆庵も『六帖詠草』の中で、『拾遺集』読人しらずの歌「双六の市場に立てる人妻の逢はでやみなむものにやはあらぬ」をあげた上で、源順のように、句頭句尾に尻取式に「す・く・ろ・い・ち・ば」を詠み込んだものが備わる。景樹は、蘆庵の影響で、近世に入ってから使われる「すごろく」ではなく、中世以前源順の「双六番のうた」を意識した「すぐろく」という表現を用いたものと考えられる。

＊源順集—順は、平安時代前期の歌人。後撰集撰者の一人、また梨壺の五人の一人。遊戯的な歌をよくした。

49

闇《やみ》ながら晴れたる空のむら時雨《しぐれ》星の降るかと疑はれつつ

【出典】桂園一枝・俳諧歌・九四一

―闇ではあるが、晴れている空の村時雨は、まるで星が降ってきたのかと降るたびに疑われてしまう。―

文化十四年（一八一七）の詠作。「題しらず」歌群の内。「星」の「降る」という表現はあまり用例のない珍しい表現である。空から降ってくる「村時雨」を「星」が降ってきたのかと疑ったという内容の歌である。

『万葉集』には「この夕降りくる雨は彦星の早漕ぐ舟の櫂《かぢ》の散りかも」として、天の川の彦星の櫂の雫が雨になったという歌はある。ただ、「星」が「墜《お》つ」という表現は、『百詠和歌』にまで下る。元久年間（一二〇四〜）の初め源光行《みつゆき》*によるとされるこの集には、「入宋星初隕、星、地におちたり、これを見るに石にて五色也」として「谷水の石間《いしま》にもかく宿りけり天の河原の星の光は」という歌が載る。ただし、この歌では、詞書がないと「星」が「墜」ちたのだとはわかりにくい。その後、「星」が「墜つ」という表現がはっきり現れるのは、近世前期、下河辺長流*にまで下る。長流『晩花集』には「ほたる」という歌題で「天《あま》つ星《ほし》おちて石ともならぬ間やしばし河べの蛍なるらん」などという歌がある。長流の詠はおそらく、『百詠和歌』を踏まえているのだろう。星がおちて石になってしまう前に、しばらく川辺の蛍になっているのだろうという所に長流の趣向がある。

景樹の歌は、この流れを受けているものと考えられる。ただし「星」の「降る」という表現は、他には用例を見いだせない。また、先行歌には、「時雨」と「星」を矛盾なく共存させている歌も見いだす事が出来ない。そういう意味では、この歌はきわめて珍しい歌であると言える。景樹は『桂園一枝拾遺』の中でも、「五月雨の雨にや星のおちつらむ石ばかりにもなれる道かな」と詠んでいる。こちらは、右の長流『晩花集』の表現「天つ星おちて石ともならぬ」をふまえているものと考えられる。

*源光行―鎌倉時代初期の歌人。鎌倉幕府が成立すると政所の初代別当になり朝廷と幕府との関係を円滑にする為、鎌倉、京都と往復した。河内本『源氏物語』の本文を定めた（一一六三―一二四四）。

*下河辺長流―25に既出。

歌人略伝

明和五年(一七六八)四月十日、鳥取藩士荒井小三次の次男として生まれる。安永三年(一七七四)頃、父を亡くして景樹の家は一家離散の憂き目に会う。景樹は伯父奥村定賢《さだかた》の養子となる。清水貞固《ていこ》に師事して学問を学び十五歳で百人一首の註釈を手掛ける。また堀南湖《なんこ》(堀杏庵の孫)の元で儒学も学んだ。寛政五年(一七九三)二十六歳の時、妻を伴って京都に出、按摩などしながら生活する。京都では、最初鷹司《たかつかさ》家に出仕したが、家令と軋轢《あつれき》を生じて出奔した。次に西洞院時名《にしのとういんときな》に仕え、時名が没した後、その子信庸《のぶつね》の斡旋で清水谷実業《さねなり》の流れをくむ二条派の歌人梅月堂香川景柄《かげもと》の弟子となり、寛政八年(一七九六)、その養子となり、徳大寺家に出仕するようになる。この頃小沢蘆庵の知遇を得、歌風の上で影響を受けた。また、享和元年(一八〇一)には本居宣長との対面を果している。享和三年(一八〇三)には、従六位下長門介に叙任された。文化元年(一八〇四)、香川家を離縁されて独立したが、引き続き香川姓を名のることは許される。万葉の古調にも伝統歌学にもこだわらず、古今風を標榜する景樹の歌は、江戸派の加藤千蔭・村田春海からからも、冷泉家ほか和歌宗匠家からも激しい非難を浴びたが、熊谷直《なお》好《よし》・木下幸文《たかふみ》をはじめ、しだいに門弟や支持者を増やした。彼の率いる一派は桂園派と名付けられ、晩年には門弟千人を数えるまでに拡大する。そして明治時代に至るまで歌壇に大きな影響を与え続けることになるのである。文政十四年(一八四三)三月二十七日、木屋町臨淵《りんえん》社において七十六歳で没し、聞名寺《もんみょうじ》に葬られる。

略年譜

年号	西暦	年齢	景樹の事跡	歴史事跡
明和 五	一七六八	1	四月十日、因幡国鳥取藩士荒井小三次の二男に生まる。	上田秋成『雨月物語』成る。
安永 三	一七七四	7	この頃から和歌を清水貞固に学ぶ。父、小三次が四十歳前後で亡くなり、伯父奥村定賢の養子となる。	『解体新書』成る。
寛政 四	一七九二	25	『藤川百首題詠草』が編集され、作歌百首が収められる。	ロシア使節根室に来航。
寛政 五	一七九三	26	二月、妻包子を伴って京都に出る。三月十六日に京都に着く。	松平定信「沿岸巡視」を命ず。
寛政 七	一七九五	28	西洞院時名(風月卿)に仕える。	
寛政 八	一七九六	29	梅月堂香川景柄の養子となる。	
寛政 十	一七九八	31	このころ小沢蘆庵を知る。	本居宣長『古事記伝』成る。

享和　二	一八〇二	35	『筆のさが』事件おこる（加藤千蔭、村田春海が筆名で景樹を攻撃する）。	慈延「大愚歌合」事件がおこる。
文化　元	一八〇四	37	四月頃香川家を離縁となる。	ロシア使節長崎に来航。
文化十一	一八一四	47	十一月、誠拙禅師の梅花帖に歌を書く。このころ誠拙より在焉の居士号を受ける。	滝沢馬琴『南総里見八犬伝』刊行開始。
文化十二	一八一五	48	『新学異見』刊。	
文政　元	一八一八	51	二月十四日江戸下向。十二月帰京。	伊能忠敬没。
文政　三	一八二〇	53	三月十二日、妻包子五十三歳で没する。聞名寺に葬る。	
文政　六	一八二三	56	七月、『百首異見』刊。	大田南畝没。
天保　元	一八三〇	63	春、『桂園一枝』刊。	
天保　三	一八三二	65	『土佐日記創見』刊。	
天保　六	一八三五	68	『古今和歌集正義』刊。	
天保十四	一八四三	76	三月二十七日、木屋町臨淵社において没。四月二日葬儀、聞名寺に葬られる。	阿部正弘、老中首座。

解説　「桂園派成立の背景　香川景樹」――岡本聡

景樹と大愚歌合

景樹が後の歌壇に重きをなしていく基盤は、香川景柄《かげもと》の養子になった時点で、既に用意されていたというべきであろう。当時都において、景柄の和歌に定評があった事は、寛政八年（一七九六）の桃沢夢宅書簡から窺い知れる。澄月から聞いた事としながらも、もし最近の和歌で順位をつけるなら、まずは大愚慈延、次に香川景柄としているから、景柄の評価が都で相当高かった事が知られる。当時の歌檀の状況としては、日野冷泉など堂上宗匠家と、地下《じげ》では、平安和歌四天王（澄月、慈延、小沢蘆庵、伴蒿蹊）、あるいは賀茂真淵門流の江戸派（加藤千蔭、村田春海）、本居宣長の鈴屋門などがあった。その中で、平安和歌四天王の一人澄月から、慈延の次に位置する歌上手と評されたのだから、香川景柄の当時の位置づけを垣間見る事が出来る。景柄は同じく平安和歌四天王の小沢蘆庵と最も近い関係にあり、後々景樹は蘆庵に私淑するようになる。香川の家にいて、歌に師なしとする蘆庵の歌論上の立場との関係でも師事する事はできなかったものの、蘆庵とは実質的には師弟関係であったものと考えられる。本居宣長とも享和元年（一八〇一）に京都で対面を果たし、あたかも宣長と真淵との「松阪の一夜」のような師弟関係に近い関係を結んでいる。

景樹が景柄の養子となった五年後の享和二年（一八〇二）に、寛政八年の段階で澄月に最も高く評価された大愚慈延は、大愚事件と呼ばれる事件に関わる事になる。これは、歌道上の一大転換点とも言える事件となる。冷泉為村は宗匠として、弟子を多く有していた。その冷泉為村が、享和元年（一八〇一）に亡くなってしまうと、その息子である為泰は歌人としての力量も添削も劣っていた為に、しだいに弟子が離れていくという状況があった。そのような状況の中、享和二年に、広幡前秀《さきすえ》が日野資矩《すけつね》、日野資愛《すけなる》親子や徳大寺公迪《きんみち》を誘い、更に地下歌人数人を誘って、大愚慈延が判者をする歌合が行われた。これを好機ととらえた冷泉為泰は、地下である慈延が、堂上の日野資矩、日野資愛や徳大寺公迪の判者になるのはおかしいと関白鷹司政熙《まさひろ》に訴えかけ、ここに出席した公卿達は歌道の宗匠家から破門されてしまう事になるのである。この事件は、『享和二年大愚歌合』などの題で写本が残されている。また、大愚慈延自身が、冷泉為泰をフクロウに、自分をヒキガエルに、鷹司政通を大鷹に戯画化して翌享和三年に書いた『鳥虫あはせ』という写本が内閣文庫他に残されている。この事件により、日野家は、前年日野資枝が亡くなっていた事に加えて、この事件に連座し、冷泉為泰は歌も添削も下手であった事から、堂上宗匠家そのものの求心力が弱体化していく事になる。しかし、冷泉為村や、日野資枝《すけき》が開拓した全国の被添削者達は、次の宗匠を見つけようとする。そしてその被添削者達が享和三年以後に向かった先は、平安和歌四天王の内存命していた慈延、伴蒿蹊であり、本居宣長没後の鈴屋門であり、加藤千蔭や村田春海を中心とする江戸派であり、景樹の桂園派なのである。そのような状況の中で「調《しらべ》の説」を唱えた景樹の所には、当然多くの弟子がなだれこんでくる事になる。そういう意味ではこの歌合は結果的に景樹とも大きく関わる事になるものと考えられる。まず主家であった徳大寺公迪が関わっているので、この歌合の情報は当事者からの情報としてすぐに景樹には伝わっていたものであろう。また、この事件に関わっていた地下歌人青木行敬は文化三年（一八〇六）までには、景樹の弟子になっているのである。そして、この事件が起こった享和三年に、澄月門人であった桃沢夢宅はその年に澄月が亡くなった事もあって景樹の門人となっている。慈延の弟子であった木下幸文《たかふみ》は享和三年の段階では、まだ慈延の弟子であったが、結局は景樹の弟子となってしまう。

歌壇の景樹批判

享和元年頃に新歌論を構想し、享和三年頃にははっきりと「調《しらべ》」の説を説いていた景樹に対しては、この頃から批判も多く集まってくる。享和二年には、小沢蘆庵門下の京都真乗院の雪岡禅師が景樹の『二時百首』を友人である江戸派の加藤千蔭に送って批評させた。雪岡禅師は「此歌は都にて今我のみひとり歌よむとて誇りがに言ひ罵るをのこの詠めるなり」と書き添えて送っている所を見ると、逆に言えば、かなり都での景樹の評判が高まってきていた事を示すものと考えられる。それを受けた形で、江戸派歌人加藤千蔭、村田春海は、それぞれ北隣の翁、橋本地蔵麿のペンネームを用いて景樹の歌に激しい批判を加えた。

初学の人などはかく働なき歌をよみいづとも、理《ことわり》だに聞えばまだしき程の業なりとて許すべけれど、自《みずから》ほこりがに思へる人のかかる歌を歌なりと思へるはあさましき業なり。

このような論調で進められている『筆のさが』（享和二年）は、六十八歳と、五十七歳の老大家が書くにはあまりにも大人げなく、それほど「調《しらべ》」の説を説いて京都で評判になりつつあった新進歌人景樹を脅威としてとらえていた人々が多かったという事であろう。江戸からの罵声は、京都にも届き平安和歌四天王の伴蒿蹊や、日枝《ひえ》の社家などからも『筆のさが』に対しての賛意が表された。景樹は景樹で、

千蔭、春海などの両先生未熟にして、かの凡調を雅調とこころ得となへられし弊風のいたすところ

などと「神方升子詠草奥書」に書いている所を見ると、かなり強気の発言をしている。

また、平安和歌四天王でまだ生存していた慈延に対しても、「大愚などと同日に論ぜらるゝは無術事《すべなきこと》」として批判し、伴蒿蹊に対しても「かゝる文章を書かむことは我三十年の前にすべし。かゝる事を書かじとする故に今に文章なし」など書簡の中で批判している。この頃の景樹の印象を木下幸文は次のように書簡の中で述べている。

香川景樹は実に大天狗に御座候。世の褒《ほまれ》そしりによりて歌はよまれずと申、つつ立ち居られ候。（『桂園叢書』第四二集、消息四）

香川はまことに御推察の如く大天狗にて、よほどコチの腹がよくなくては附合ひにくき人物、乍去《さりながら》才気抜群。（『桂園叢書』第四二集、消息五）

これは、景樹の「鼻高き事天狗に似たり」という人相からの評価でもあっただろうが、世の批判にも屈せず堂々と立っているその姿もまた、「大天狗」のように見えたものと考えられる。これもまた、その容貌から来たものであろうが、「切支丹《きりしたん》」とも仇名されていたらしい。慈延も弟子の木下幸文が、景樹のもとを出入りしていた事を苦々しく思っていたのだろう。

次のような書簡が残っている。この中で慈延は景樹を「切支丹」と呼び、弟子である木下幸文が邪路に陥っている事を歎き憤慨している。

木下も此節は上岡崎へ移り居候。切支丹之宅近候故、邪路に落入り候はんと気之毒に御座候。（『桂園叢書』第四二集、消息八）

享和三年には蘆庵門下の前波黙軒からも歌会の「謀反人《むほんにん》」などとも言われている。

景樹の添削態度

景樹が、「大天狗」とか、「切支丹」だとか仇名され、歌壇において当時エキセントリックな存在でありながらも、冷泉為村や、平安和歌四天王が築きあげてきた地下の門人達を総ざらいしていった背景には、義父である香川景柄からの香川家という家の存在もあったが、門人に対する景樹自身の真摯な添削態度によった要素が大きいものと考えられる。冷泉家門人森山孝盛の『蜑の焼藻の記』に、『鳥虫あはせ』で批判の対象となった冷泉為泰の添削態度について次のように描かれている。

為泰卿、父入道殿よりは、一際引しめて、花やか成ことは夢々なくて、実意丁寧を尽されけれれば、褒詞とても少く、事毎《ことごと》に念を入られける、点削も滞りがちなりしなり、宮部義正（孫八と云、松平右京大夫藩中）、横瀬侍従貞臣（駿河守高家）、内藤甲州正範（元石野広通が取立、冷泉家御門人）を始、年久しき冷門のやから多く日野家へ移りて、剰《あまつさ》へ宮部は為泰卿より此道の勘当状を被送破門《おくられ》せられけり、花に染心の者は、次第〳〵に色みへてうつろひけり、其頃日野と冷門のあらそひ、世の中にも云しろひて、等閑ならず申あへりしに付て（後略）

冷泉為村という人は、全国に地下を含め多くの門人がいた。ところが、享和元年に為村が亡くなり、その息子の為泰が後を継ぐと、その添削は滞りがちで、しかも褒詞も少ない。結局満足しない門人達は、日野家の方に移っていく。その為に、日野家と冷泉家の争いが世に取りざたされていたという事なのである。大愚事件とは、まさにこの日野家と冷泉家の争いの中で、冷泉為泰が冷泉家の復権をかけておこしたものと考えて良かろう。この為泰については、『鳥虫あはせ』の中でも「ふくどの（冷泉為泰）も心の今少しゐんにて、鳴こゑのうつくしうだにあらば（歌が上手なら）誰かはしたはざらん」と書かれている。まさにこのような状況下で、景樹の添削態度は真摯で誠実そのものだった。木下幸文の書簡には次のように書かれている。

いつにても一座の詠草をひとつ〳〵傍の人に相談して直す。其代《そのかわり》、加筆《ふでをくわえ》大かたわが歌よむ斗《ばかり》の辛苦。さて人のを評し終て、自身の書入に評ぜさす。いかほどわろくいふても、さらに腹をたてぬやうす也。われはかゝる心にてよみしが、さは聞へずや、しからばかくせん、是にてはいかゞなどやうに、こまかにたゞすなり。其所においては我意さらに見へず。是天狗第一の大幸也。

冷泉為泰などの褒め言葉の少ない、ともすれば添削そのものも滞りがちな添削態度にくらべ、ここに見られるのは、歌に対して真剣そのものの景樹の添削態度である。人の歌をよくする為に自らの歌のように辛苦し、自らの歌に対する批判も率直に受けとめる姿は、当時の歌壇の中で、地下歌人の注目を集めていった事は想像に難くない。文化三年（一八〇六）『都雛五十番歌結』の段階で、全国に少なくとも百人の被添削者達を抱えるようになっていった由縁であろう。この『歌結』を作る三年ばかり前、すなわち大愚事件の頃から、全国の門人に「月前時雨」という通題で歌作を命じ、それを纏めたのである。添削の仕方も誠実丁寧で、自らの歌を直すよりも辛苦し、このような形で、自らの歌を出版してくれるという訳であるから、『桂園一枝』序文や『随聞随記』に見られるように、晩年には景樹門に千人もの人が集まってくる流れが出来るのは無理もない事である。門人の数では文化八年の江戸下向の段階ではすでに社中三四十人に及んでいるようである。この文化八年の年には、京都での桂園派に対して、脅威を覚えた旧派歌学家（冷泉、外山、風早）は、武者小路家が景樹の新歌風に親しむ事を排斥する為に、閑院宮に訴えている。これは、冷泉為泰が、大愚歌合の時に鷹司政熙に訴えたのと同じ構図である。しかし、閑院宮の判断は、「弥《いよいよ》景樹方へ出精《しゅっせい》可致《いたすべき》旨《むね》、内々被仰《おおせられ》候《そうろう》」と景樹にとって有利に下ったのである。これによって、旧派歌壇には時代的限界が見え、桂園派の存在と価値を指し示す結果となった。

景樹歌の雅と隠

雅と隠というのが、日本文化における重要な二つの美意識であるとすれば、景樹の和歌は、その相反する二つの要素を併せ持っているという事が言えよう。すなわち景樹は、『古今集』的な平安美の世界と、禅宗的な隠逸の香りとを併せ持った歌人であると位置づける事が出来るのではないだろうか。これには、祇園遊びをしながら、禅修行もすると相反する二つの要素を併せ持っている景樹という人間の振幅の幅によるものではなかろうかとも考えられる。

雅びな部分と、隠逸の部分を併せ持っているというのは、まるで京都の街そのものである。祇園の花街と、多くの社寺を併せ持つ街。「雅」も「隠」も併せ持つ街。景樹の和歌は、そのような京都の街そのものの息吹を反映したものであるという事が出来よう。言い換えれば、祇園遊びや、参禅なども、京都の街で生きている京都人としての生活実感そのものの中で作られた和歌と言い得るのである。和歌はこのような真情、人情の発露であるとする景樹の主張は、次の歌論の中でも確認し得よう。

淫欲もとより実情の外ならんや。実の実なるものか。(『桂園遺文』)

そも〳〵飲食、男女と言語とは、天下の三大事なり。(『歌学提要』)

これを受けたように、幕末、明治にかけての桂園派歌人間島冬道《ましまふゆみち》も次のように述べている。

歌は道徳、法律の外なり。何をかいひ、何事をかうたはざらむ。(『間島冬道翁全集』下)

中世歌学の伝統的権威を否定し、近世国学の復古主義も否定し、中世仏教、儒学の和歌教学論をも否定した景樹は、祇園通いをし、放蕩の果に香川家から離縁された実に人間臭い歌人でもあった。彼に多くの地下歌人がひかれ、晩年には千人にも及ぶ門弟が集まり、明治以後まで続いていく桂園派が形成されていく背景には、このような景樹自身の人間的振幅の大きさに加え、和歌に対する真剣さ、あるいはその巧みさ、そしてなによりもその添削のうまさ(弟子の育て方のうまさ)が大きな要因となっていたものと考えられる。

読書案内

『香川景樹』（人物叢書）　兼清正徳　吉川弘文館　一九七三
　香川景樹自身の年譜的事項及び和歌が概観出来る。景樹の生涯や、歌壇的位置づけ、禅の影響など複合的に景樹という人物を照射している。

『香川景樹歌集』半田良平　紅玉堂　一九二四
　新釈和歌叢書の一つ。景樹の和歌を【語義】【大意】【評言】にわけて論じている。景樹の和歌の解釈を多く掲載している。

『香川景樹』実方清　三省堂　一九四二
　第四章「景樹の歌とその美」に、景樹の歌の解釈を掲載している。また、景樹の生涯について、あるいは真淵、蘆庵と景樹の関係についても論じている。第十一章で景樹の秀歌抄、及び景樹門の熊谷直好、木下幸文の秀歌抄をも掲載している。

『賀茂真淵、香川景樹』久松潜一　厚生閣　一九三八
　前半部が、賀茂真淵について論じ、後半部が香川景樹について論じている二部構成。第三章「桂園一枝と景樹の歌」が、多くの景樹和歌の解釈を掲載している。

『香川景樹論』山本嘉将　育英書院　一九四二
　第六章「歌風の特質」において、景樹和歌のさまざまな要素に焦点をあてて論じ、多くの解釈を掲載している。

○

『桂園一枝』正宗敦夫　岩波文庫　一九三九

文庫本で、景樹の『桂園一枝』の全貌が概観出来、作歌年次が手軽に確認出来る。後ろに和歌各句索引を付す。

『禅門逸話集　中』禅文化研究所編　禅文化研究所　一九八七

香川景樹にもついても立項されており、誠拙に参ずる逸話が掲載されている。

『名歌で読む日本の歴史』文春新書　松崎哲久　二〇〇五

百人の和歌から、日本歴史を論じたもの。香川景樹の和歌についても取り上げられている他、景樹の弟子である木下幸文や、熊谷直好についても取り上げられている。

『和歌史』島津忠夫ほか　和泉書院　一九八五

和歌の通史ではあるが、香川景樹についても取り上げられている。

【付録エッセイ】

景樹の和歌論

林　達也

『江戸時代の和歌を読む―近世和歌史への試みとして―』
（原人舎　平成十九年九月）

景樹の歌論は、門弟の内山真弓《うちやままゆみ》の編集になる『歌学提要《かがくていよう》』（天保十四年、一八四三）に組織立ったかたちでまとめられているが、真淵の『新学《にひまなび》』を批判した『新学異見《にひまなびいけん》』（文化八年、一八一一）や、門弟の和歌指導の書などを集めた『桂園遺文』（安政六年、一八五九）などに直接の考え方を見ることができる。以下、『歌学提要』『新学異見』『桂園遺文』を中心に景樹の論を見てみたい。

景樹は二つほど、基本的な立場を表明している。一つは和歌はのめりこめばのめりこむほど、人を翻弄するものであるということであり、もう一つは、和歌は究極的に個の営為であって、人との交感を前提としないものであるということである。

歌はもてあそびものにあらず、もてあそばるるものなり。さるを、雲の上はさらにて、世中のもてあそびものに等しくなりしより、この道いよいよ衰へたり。悲しまざるべけむや。

和歌に、制の詞などいふは、いとも後世の私にて、古さらになきことなり。さる狭きことにて、いかに思ひを述べ得べき。我が思ひを我が詞もて言ひ出でむに、誰にはばかり、何をさまたげむ。畢竟人に見せむ聞かせむためのものと思ひまどへる故なり。詠歌はただ憂悲を慰め、感哀を述べ、心をやるものなり。

ともに『歌学提要』からの引用である。はじめの引用の「歌はもてあそびものにあらず、もてあそばるるものなり」という提言は、歌とは人の自由になるものではなく、逆に歌人が歌にとらわれ、ぬきさしならない状態に陥るものだという意味であり、「歌と心中することもあり得る」という覚悟の表明と読んでよいのだろう。それは、たとえば、中世説話に見える能因や登蓮や藤原実方などの、和歌の世界にのめりこんでいった風流一筋の人々と共通するところがあることを示している文言であり、言わば、芸術至上主義的なもの言いとでも言えそうなものを含んでいる。

これと呼応するのが二番目の引用の、「制の詞」を遵守するのは人の評判を気にするからで、歌は「憂悲を慰め、感哀を述べ、心をやるもの」であり、「我が思ひを我が詞もて言ひ出で」るものなのだという認識である。言い換えれば、歌は、原則的には個の行為である、ということになる。

こうした、自己完結的な立場の上に、「調べ」の論が展開される。景樹は道理を言い、物事を分析・説明する「文」に対して、「歌」を、人に説くことのできない「感」を表現するものとする。そして、「感」は、実物・実景と向かい合った時に自然と生じてくる心の動きのあらわれである。これを景樹の言葉で表現すれば、実物・実景によって促される心の動きが「実情」であり、それをそのまま正直に、自然に感受することが「誠実」である。さらに、「誠実」がそのまま表現された時に、歌を歌たらしめる「調べ」がおのずと備わるのである。「歌は情のゆくまにまにひとり調べなりて、思慮を加ふべきものならねば」(『新学異見』)という言い方がこのあたりを説明している。

以上は歌を作るための心のはたらきからの「調べ」のありようであるが、詞の面から言うと、次のようになる。

さてその調べは如何なるものぞといふに、常に言ひあつかふ平語、いささかも調べにたがひたることなし。さらば、平語ぞ規矩なるべき。歌は平語にかへるのみ。(『桂園遺文』)

人と生まれて言語なきことあたはず。言語ありて調べなきことにあたはず。されば、俗言平語にいまだ調べのかなはざるを聞かず。ただ歌といへば、たれの人も調べを失ふなり。これ他なし。歌は俗言平語の外におけばなり。(『桂園遺文』)

日常言語に対する限りない信頼がここにはある。言わんとするところは、言語にはおのずと「調べ」が備わっていて、歌となると「調べ」がなくなるのは、使い慣れない言葉を使うからであって、日常言語を使えば自然と「調べ」は生まれるものだ、ということである。

景樹の和歌観を要約すれば、現代に生きている人間として折にふれ、ことにふれて心に感じたことを、そのままますぐに、平常使っている言葉によって表現すれば、それが歌だ、ということになる。当代の感性を当代の言葉で、というところはたいへんわかりやすく、蘆庵の影響も窺え、新しい。しかし、「調べ」そのものの概念は曖昧であると言わざるを得ない。「調べ」は「心・詞」両面から言われるのだが、「誠実」がもたらす「調べ」とは何を以て言うのか、そして「詞」の側からの「調べ」は音声のリズムを言うのか、あるいは語の組み合わせを言うのか、または、「心・詞」両方合わせて総体として、「様式」のようなことを指すのか、ということは説明されない。

景樹は論客ではあるが、どちらかというと、物事を整理し求心的に論ずるより、茫漠とした広がりをもった論者であったように思われる。と言うよりも、やはり、詠歌を第一とした歌人であったと言うべきであろう。景樹の歌論は、実作の経験に支えられていると言うべく、「調べ」の論も景樹の内部では、確かな実感として身についていて、あらためて説明しようにもできないものであったのかもしれない、とも思う。景樹は、

敷島の歌のあらす田荒れにけりあらすきかへせ歌のあらす田

と、歌の世界の一変に賭ける心意気を歌っているのであって、ここには自己の打ち出した歌風に対する揺るぎない自信が窺えるのである。

岡本　聡（おかもと・さとし）
＊1966年三重県生。
＊中央大学大学院修了。博士（文学）。
＊現在　中部大学人文学部准教授。
＊主要編著書・論文
『木下長嘯子研究』（おうふう、2003）
『近世初期諸家集　上・下』（古典文庫、1995、1996）
『長嘯子後集』（古典文庫、2001）
『越中の歌枕』（桂書房、共編、1997）
『伊達政宗公集』（古典文庫、共編、1998）
『兼載独吟「聖廟千句」第一百韻を読む』（和泉書院、共編、2007）
「『鳥虫あはせ』をめぐって」（『近世文芸』第65号、1998.1）

香《か》川《がわ》景《かげ》樹《き》　コレクション日本歌人選　016

2011年5月25日　初版第1刷発行

著者　岡本　聡
監修　和歌文学会

装幀　芦澤　泰偉
発行者　池田　つや子
発行所　有限会社　笠間書院
東京都千代田区猿楽町2-2-3［〒101-0064］
電話　03-3295-1331　FAX　03-3294-0996
NDC分類 911.08

ISBN978-4-305-70616-4 印刷／製本：シナノ
　（本文用紙：中性紙使用）
出版目録は上記住所または info@kasamashoin.co.jp まで。

コレクション日本歌人選　第Ⅰ期〜第Ⅲ期

*印は既刊。

第Ⅰ期　20冊　2011年（平23）2月配本開始

No.	書名	よみ	著者
1	柿本人麻呂*	かきのもとのひとまろ	高松寿夫
2	山上憶良	やまのうえのおくら	辰巳正明
3	小野小町*	おののこまち	大塚英子
4	在原業平*	ありわらのなりひら	中野方子
5	紀貫之*	きのつらゆき	田中登
6	和泉式部	いずみしきぶ	高木和子
7	清少納言*	せいしょうなごん	圷美奈子
8	源氏物語の和歌	げんじものがたりのわか	高野晴代
9	相模	さがみ	武田早苗
10	式子内親王*	しょくしないしんのう（しきしないしんのう）	平井啓子
11	藤原定家*	ふじわらのていか（さだいえ）	村尾誠一
12	伏見院	ふしみいん	阿尾あすか
13	兼好法師*	けんこうほうし	丸山陽子
14	戦国武将の歌*		綿抜豊昭
15	良寛	りょうかん	佐々木隆
16	香川景樹*	かがわかげき	岡本聡
17	北原白秋*	きたはらはくしゅう	國生雅子
18	斎藤茂吉*	さいとうもきち	小倉真理子
19	塚本邦雄*	つかもとくにお	島内景二
20	辞世の歌		松村雄二

第Ⅱ期　20冊　2011年（平23）9月配本開始

No.	書名	よみ	著者
21	額田王と初期万葉歌人	ぬかたのおおきみとしょきまんようかじん	梶川信行
22	伊勢	いせ	中島輝賢
23	忠岑と躬恒	みぶのただみねとおおしこうちのみつね	青木太朗
24	紫式部	むらさきしきぶ	植田恭代
25	西行	さいぎょう	橋本美香
26	今様	いまよう	植木朝子
27	飛鳥井雅経と藤原秀能	ひさつねとふじわらひでよし	稲葉美樹
28	藤原良経	ふじわらりょうけい（よしつね）	小山順子
29	後鳥羽院	ごとばいん	吉野朋美
30	二条為氏と為世	にじょうためうじ・ためよ	日比野浩信
31	永福門院	えいふくもんいん（ようふくもんいん）	小林守
32	頓阿	とんあ（とんな）	小林大輔
33	松永貞徳と烏丸光広	まつながていとく・からすまるみつひろ	高梨素子
34	細川幽斎	ほそかわゆうさい	加藤弓枝
35	芭蕉	ばしょう	伊藤善隆
36	石川啄木	いしかわたくぼく	河野有時
37	漱石の俳句・漢詩	わかやまぼくすい	神山睦美
38	若山牧水		見尾久美恵
39	与謝野晶子	よさのあきこ	入江春行
40	寺山修司	てらやましゅうじ	葉名尻竜一

第Ⅲ期　20冊　2012年（平24）5月配本開始

No.	書名	よみ	著者
41	大伴旅人	おおとものたびと	中嶋真也
42	東歌・防人歌	あずまうた・さきもりうた	近藤信義
43	大伴家持	おおとものやかもち	池田三枝子
44	菅原道真	すがわらのみちざね	佐藤信一
45	能因	のういん	高重久美
46	源俊頼	みなもとのしゅんらい（としより）	高野瀬恵子
47	源平の武将歌人		上宇都ゆりほ
48	鴨長明と寂連	ちょうめい・じゃくれん	小林一彦
49	俊成卿女と宮内卿	しゅんぜいきょうのむすめ・くないきょう	三木麻子
50	源実朝	みなもとのさねとも	近藤香
51	藤原為家	ふじわらのためいえ	佐藤恒雄
52	京極為兼	きょうごくためかね	石澤一志
53	正徹と心敬	しょうてつ・しんけい	伊藤伸江
54	三条西実隆	さんじょうにしさねたか	豊田恵子
55	おもろさうし		島村幸一
56	木下長嘯子	きのしたちょうしょうし	大内瑞恵
57	本居宣長	もとおりのりなが	山下久夫
58	正岡子規	まさおかしき	矢羽勝幸
59	僧侶の歌	そうりょのうた	小池一行
60	アイヌ叙事詩ユーカラ		篠原昌彦

『コレクション日本歌人選』編集委員（和歌文学会）
松村雄二（代表）・田中　登・稲田利徳・小池一行・長崎　健